# 猪苗代兼載

## その連歌と生涯

戸田純子

歴史春秋社

## 中世連歌の長《おさ》として

今から五百年以上も昔の室町時代、和歌に替わって時代を代表する文芸は連歌でした。連歌は、複数の人が和歌の上の句（五七五）と下の句（七七）を交互に読み続けていく形式の歌のことです。

武士や僧侶、庶民などにも広まり、数人が寄り合えば、毎日連歌の会が開かれるほどでした。そして彼らを指導する連歌師が生まれたのです。

連歌は中世特有の文芸となり、多くの連歌師が現れ、『新撰菟玖波集《しんせんつくばしゅう》』が出るに及んで全盛期を迎えます。

この連歌が最も盛り上がった時期に、連歌界のトップの座に就いていたのが、猪苗代兼載《いなわしろけんさい》という連歌師です。

兼載は、宗祇《そうぎ》らとともに『新撰菟玖波集』を編纂しました。

彼はこの時、北野連歌会所奉行（宗匠《そうしょう》）という、連歌界の最高位に就いていたのです。三十八歳という若さで宗匠に就いて、実に六年も経っていました。

猪苗代兼載は、宗祇と並んで、押しも押されもせぬ、室町時代を代表する連歌師の一人と言っても過言ではありません。

文学者として当時の最高峰にのぼりつめたにもかかわらず、兼載は、まだ人口に膾炙《かいしゃ》されてはおりません。

彼が猪苗代湖畔にある小平潟《こびらかた》で生まれた会津の偉人であることも、忘れてはならない大切なことです。

二〇〇九年（平成二十一年）兼載没後五〇〇年記念行事が開催されたのを契機に、兼載に関心を持つ人々が増えてきました。


これから、猪苗代兼載が中世という激動の時代に、連歌師としてどう生きて、活躍していったのかをお伝えすべく、その生い立ちから修学時代を経て連歌師としての飛躍を遂げる過程、改名後の『新撰菟玖波集』編纂や西国への旅など精力的な日々、離京し関東に帰住する晩年、そして、彼の志を受け継いだ者たちまで、できるだけ丁寧に辿ってみたいと思います。

残された数少ない兼載関連の史料から、とりわけ詠まれた句に着目して、彼の自然観賞や文学観、人間観を探りながら、兼載の実像にアプローチを試みます。

これまで兼載研究に携わってこられた研究者の方々の、積まれた研鑽と慧眼《けいがん》に敬意を表し、少しでも多くの方々に兼載という偉大な文学者の名が浸透されますことを願って、章を進めて参りたいと存じます。

# 目　次

# 猪苗代兼載　その連歌と生涯

# 一、いかなる種か

## Ⅰ　猪苗代氏の正統

兼載は、都へ急ぎました。

永正元年（一五〇四）に上京し、五山の詩僧景徐周麟《けいじょしゅうりん》を訪問すると、斎号を依頼したのです。それに応えて景徐周麟が記したのが『耕閑軒記《こうかんけんき》』です。

この『耕閑軒記』について、金子金治郎著『連歌師兼載伝考』の中に、「我が国の連歌の宗匠である兼載というお方は、関東人で、桓武平氏の流れをくむ三浦介を祖先とし、その父は猪苗代式部少輔盛実《しきぶのしょうもりざね》二十四代である」と記載され、これについて金子氏は、「その内容は兼載自身が語ったものかそれに近いもので、その意味で最も信用すべき資料」と考察を加えて、兼載の父は猪苗代盛実だと、兼載自身が語った可能性を示唆しています。

それでは兼載の父、猪苗代盛実とはどのような人物だったのでしょう。

猪苗代氏については『日本古典文学大辞典』に奥田勲氏が、

関東平氏三浦介義明《みうらのすけよしあき》を祖とする佐原《さわら》氏の分流で、鎌倉時代初期以来の会津の名族の一つである。義明の子、義連《よしつら》が佐原氏を名乗り、その子盛連《もりつら》の長子経連《つねつら》が猪苗代氏と称したのが猪苗代氏の始まりと言う。経連の弟光盛《みつもり》は葦名氏の祖とされ、従って猪苗代氏は葦名と同族ということになる。

と、そのルーツと葦名氏との関わりを述べています。

兼載の家系は、後に伊達家の御連歌師となったのですが、『伊達世臣家譜』には、連歌師の「猪苗代」の家譜【兼誼家譜】と、その宗家にあたる「猪苗代葦名氏」の家譜【宗家譜】の二つがあります。

両家譜を表に示すと次のようになります。

【兼誼家譜】

三浦介義明─佐原義連─佐原盛連─猪苗代経連……**経元**─**盛実**（**兼載父**）

【宗家譜】

猪苗代経連……経実─経重─**経元**─**盛清**─盛国

前者の【兼誼家譜】には、経連の子孫**経元《つねもと》の長子が盛実《もりざね》**で、兼載の父とされています。

しかし後者の【宗家譜】には、「経元無子、養葦名遠江守盛詮《もりのり》次男為嗣、称之大炊助（初称平太郎又上総助老号圓誼）盛清」とあり、**経元に子が無く、葦名盛詮の次男を養子**にして**盛清**と称したと記されています。

つまり後者の【宗家譜】では、**兼載の父盛実は存在しなかった**ことになるのです。

このことについて前者の【兼誼家譜】は、「按宗家譜脱此人、盖盛実雖為経元長子不承家、経元養葦名氏之子配女為嗣、称之上総介盛元、宗家譜作大炊助盛清」と記し、**宗家譜に盛実の名が外されたのは、恐らく盛実は経元の長子であったのだが家を継がなかったからであろう**。経元は葦名の子を養子にして女《むすめ》を妻合わせ、生まれた跡継ぎが盛清なのだ、と説明しています。

もし、この説明が事実だったとしたら、兼載の父盛実は、どうして家を継がなかったのでしょうか。

ここで十五世紀から十六世紀にかけての会津葦名氏の系譜を『新会津風土記』より示すと、次のようになります。

三浦介義明─佐原義連─盛連─葦名光盛……盛政─盛久……盛信─**盛詮**─盛高─盛滋

十五世紀の会津は戦乱が絶えなかった時代で、それを克服したのが葦名盛政でした。

盛政は永享六年（一四三四）、子の盛久に後を譲ったのですが、盛久は短命で弟の盛信が継いだのです。

しかし盛信もまた短命で宝徳三年（一四五一）三月にこの世を去って、その子**盛詮**が幼少の身で後を継いだのでした。

宝徳三年の七月に、重臣の松本典厩《まつもとてんきゅう》と多々良伊賀《たたらいが》が戦いを起こして、敗れた伊賀が城主の葦名**盛詮**を抱き取る事件が起こります。**盛詮**は松本典厩や葦名の家来らの奮戦により助け出されたのですが、翌八月には猪苗代氏が反乱を起こすのです。

この宝徳の乱は、八月二十九日白河結城氏が来て調停を行い一応の決着がつけられました。

ところが享徳二年（一四五三）に今度は松本典厩が反乱を起こし、猪苗代氏がこれを助けたのです。**盛詮**は白河結城氏の支援をあおいで、典厩を自害させ、猪苗代氏は敗走を余儀なくされました。

こうした一連の戦乱は、葦名家当主の死去と交替が家中の動揺を生み、継嗣争いが絡んだものと思われます。

ところで、この一連の戦乱で、**盛詮**と対立した猪苗代氏は、『猪苗代町史』や『猪苗代町歴史年表』では、猪苗代盛光としています。

しかし先ほどの『伊達世臣家譜』の【兼誼家譜】と【宗家譜】のいずれにもその名がありません。

それでは、これらの戦いを起こした猪苗代氏は誰なのでしょう。『伊達世臣家譜』の「宗家譜」に記された、「経元無子、養葦名遠江守盛詮次男為嗣」を見ると、猪苗代**経元**は葦名**盛詮**の次男を養子に迎えたことになり、従って猪苗代**経元**と葦名**盛詮**は同世代と言っても的外れではないでしょう。

もともと同族だった葦名氏と猪苗代氏という縁もありましたが、そうした血縁関係も戦乱となれば、掌を返したように無情で非情な戦いが繰り返されたのではないかと推察されます。

すると『猪苗代町史』などで葦名**盛詮**と対立した猪苗代盛光は、『伊達世臣家譜』「宗家譜」の**経元**である可能性が高いことになります。

兼載自身の、興俊《こうしゅん》から宗春《そうしゅん》へ、そして兼載へと改名した経緯を考え合わせても、当時は名前を変えることが珍しくなかったのではないでしょうか。

猪苗代盛光も、「経元」と名乗っていた時期があったとしても、当時に於いては不自然ではなかったはずです。

もし**兼載の父盛実**が、『伊達世臣家譜』「兼誼家譜」の記載通りに、**経元の長子**でありながら、しょうか。

**家を継がなかった**としたら、その**最も考えられる原因**は、こうした**戦乱を嫌ったから**ではないで

さて、猪苗代兼載は享徳元年（一四五二）に猪苗代（現福島県猪苗代町）の小平潟で、この世に生を受けます。

つまり宝徳の乱（一四五一年）が鎮まって、享徳の乱（一四五三年）が起こる、ちょうどその間の不穏な時期に生まれたことになります。

「兼誼家譜」の示す通り**盛実が経元の長子**であったとすれば、**盛実の子に生まれた兼載**は、**猪苗代氏の正統**として、その成長は危険を伴っていたでしょう。

兼載より少し前に生まれた室町時代の禅僧一休宗純《いっきゅうそうじゅん》の父親は、南北朝統一の象徴となった後小松天皇でした。

母伊予の局は身の危険を感じてひっそり一休を産んで、政争に巻き込まれぬよう、その身を保護するためにも、五歳の一休を安国寺に入れて出家させました。

彼も正統であるという宿命を生まれながらに背負っていたのです。

戦乱に明け暮れたこの時代、名門の正統として生まれたが故にひっそりと隠されて育てられ、幼くしてお寺に入って剃髪した子どもは、一休だけに限ったことではなかったでしょう。

兼載が六歳で会津黒川の自在院へ引き取られたのも、こうした危険を回避するためではなかったかと、考えられるのではないでしょうか。

上野白浜子《はくひんし》氏の『猪苗代兼載伝』には、「『富田家年譜』に誌される**兼載の父は、盛実入道**とあって、この世を遁れている」と記され、

兼載にその族入江《にうえ》とあるは兼載の父盛実が入道している寺院であろう。入江《にうえ》は現在は千里村に属し小平潟村の隣村に当る。入江には天台系の寺院和合院が在ったが、本山修験派、猪苗代成就院同行である。和合院には昔、智僧として知られた佐原才心がいた。佐原氏を称する才心が、或は盛実入道でなかったか。

とも指摘をされています。

この中に引用された『富田家年譜』は、葦名姓のはじまりとされる光盛に仕えて以来、一代ごとに系譜を書き、その消長を明記してきた富田一族の年譜のことで、当時の変遷を窺う貴重な文献です。

兼載の父盛実が、猪苗代家を継がず、世を遁れて出家したとしたら、『伊達世臣家譜』の「宗家譜」にその名が脱せられたのも頷けるのではないでしょうか。

葦名氏の後継者が短命続きだったことは、その命が狙われていた可能性も考慮に入れると、宝徳の乱、享徳の乱とも、戦で世をかき乱した猪苗代氏の城主が盛光、すなわち経元であったなら、その長子盛実はどれほど危険な目に遭わされていたか、容易に想像がつきます。

また、兼載が生まれたとされる小平潟には、母加和里《かわり》の伝説が複数残されているにもかかわらず、父親については殆どと言ってよいほど残っていません。

江戸時代の儒学者山崎闇斎《やまざきあんさい》の『会津山水記』に「兼載の母は小平潟天満宮を祈願して兼載を生

む」と記され、小平潟並びに猪苗代地方には、兼載は「天神が授けた子」として、幼名を「梅《うめ》」と名付けたことや、母加和里は「梅」を連れて一緒に天満宮の社頭に額ずき、お前の父は天神さまで、お前は偉い人に出世する神の子だと教えたという話も伝えられています。

天神の霊験として生まれたかのような兼載の出生譚に、父盛実は影すら見せないのです。

それでは母加和里は、どのように伝えられているのでしょう。

前述の『富田家年譜』には「猪苗代氏の家来で小平潟地頭、石部丹後の娘である」とあり、『新編会津風土記』には「加和里は石部丹後の家婢《はしため》であった」、また『福島県耶麻郡誌』や『小平潟天神略縁起』などでは「加和里は年闌《ふ》けた醜婦とされた」と記され、様々です。

『福島県耶麻郡誌』によると、「長享元年（一四八七）九月六日小平潟天満宮禰宜神道明、村民とはかり加和里の碑を建てる」とあります。

当時兼載は三十六歳で自作の連歌を選んで宮中に「百句連歌」を進献しており、栄誉に浴した兼載の働きかけも母加和里の墓碑建立に与《あずか》っていたものと考えられます。

その旧碑が建て替えられたのは、江戸時代末の安政五年（一八五八）渡邉篤《あつし》によってでした。

現在もこの墓碑が小平潟集落の入口に建っており、表に「加和里の墓」、左下に「兼載母」と刻まれ、裏に立て替えられた年代とその人物名が記されています。

以上から、兼載の母は加和里で、小平潟で兼載を産み、この地で亡くなったということは、動かない事実として捉えてもよいのではないでしょうか。

母加和里は小平潟地頭、石部丹後の娘であるという説（『富田家年譜』）、石部丹後の家婢（下女）

であったという説（『新編会津風土記』）、そして、年ふけた（適齢期を過ぎた）醜婦という説（『小平潟天神縁起』『福島県耶麻郡誌』）と、様々に伝えられています。

小平潟天満宮

　ここで加和里伝説の典拠を見てみると、『富田家年譜』は、前述のように、葦名四臣の名家とされる富田家が、江戸時代初期の元和年間（一六一五～一六二四）まで代々書き継いだ年譜です。

『新編会津風土記』は『会津風土記』を基に綿密な調査と編集によって詳述したもので、江戸時代の文化六年（一八〇九）に完成しました。

『小平潟天神縁起』は江戸時代の寛延二年（一七四九）島景文石《しまかげふみいし》によって書かれたものです。

そして『福島県耶麻郡誌』は、大正八年（一九一九）耶麻郡役所刊行の復刻本です。

　以上から、最も古い史料に後の世の人々が新たな伝説を加えた可能性が考えられ、恐らく『富田家年譜』の「猪苗代臣小平潟荘氏石部氏女」が加和里伝説の骨組みとなって、後世に脚色されていったのではないでしょうか。

加和里之墓

母加和里の伝説は、兼載の出生地小平潟に長い間伝わり続け、彼女の命日である九月六日に、村の女たちはその墓前に集まり「虫送り」と称して慰安の日と定め、年中行事として明治時代まで行われていました。

さらに寛永二十年（一六四三）保科正之《ほしなまさゆき》がその霊を祀り、小平潟村八幡神社の相殿としました。以後「加和里御前」と称され、長い間地方の人々から敬愛されるのです。

このように兼載の母加和里が長く伝えられてきた原因は、やはり墓碑の存在が大きかったのではないでしょうか。

加和里の碑は、長享元年（一四八七）九月六日に小平潟天満宮の神主である神道明が村人とはかって建てられてから、「兼載母」として、墓参をする人々によって語り継がれてきたのです。

加和里の墓を建てるにあたって、当時三十六歳の兼載の意向が働いていたのではないかという推察は前述の通りです。

兼載の私家集『閑塵集』には、「母の三十三回によめる」という詞書きで、

ながらへてかひなき身をもたらちめのあととふけふぞ思ひなぐさむ
＊生き長らえても甲斐のない我が身であるが、母の三十三回忌の今日、追善供養をしてその優しい面影に、辛いこの心が慰められようとしています

という歌があります。

この歌からも兼載にとって母の存在がいかに大きかったかがわかるでしょう。追善供養をするほどだったので、母加和里のお墓も、その建立には兼載の意向が大きく反映していたと考えられるのです。

それでは、兼載にとって、自在院へ引き取られるまでの父親との想い出は全くなかったのでしょうか。

もし父盛実が、盛実入道と記されているように、出家した身だとすれば、世を遁れた彼が兼載に会おうとしなかったのも頷けます。

さらに『伊達世臣家譜』の「兼誼家譜」が示す通り、経連の子孫経元の長子が盛実であったなら、当時の不穏な情勢を考慮すれば、盛実は我が子の行く末を案じて危険にさらされないためにも長子兼載の出生を極秘裏にして、その成長も人目を避けたい思いがあったでしょう。

猪苗代家の長子として、自分自身も我が子も戦乱に巻き込まれたくないとの配慮から、我が身の出家と、我が子をお寺に預ける決心をしたのではないでしょうか。

当時お寺に預けられて学問ができた少年は、良家の子弟が多かったことからも、兼載が六歳で

自在院へ引き取られたという背景に、父盛実の意思があったとの推察は妥当でしょう。

母加和里も、我が子の宿命を承知して産んだからこそ、わずか五、六年という短い我が子の生育に、並々ならぬ愛情を注いだと考えられます。

そして彼女の、人目を避けての出産と子育てが、周囲の憶測を生み、下女や適齢期を過ぎた醜い女などという伝説が残ったという見方もできるのです。

ところで、兼載は後に祖父を句に詠んでいます。

兼載が生まれる頃の宝徳の乱（一四五一年）、享徳の乱（一四五三年）以降にも、もと同族とはいえ黒川の葦名氏と猪苗代氏の争いは続きました。

『猪苗代町歴史年表』には、明応十年（一五〇一）猪苗代盛頼《もりより》親子が葦名盛滋《もりしげ》と戦って敗れる明応の乱が記されています。この盛頼は、『猪苗代町歴史年表』では猪苗代盛光とされ、『伊達世臣家譜』の【宗家譜】では猪苗代経元とされた人物の子孫であろうと思われますが、嗣子盛清と同一人物かは不明です。

宝徳の乱と享徳の乱で敗走した猪苗代氏は、半世紀近く経って再び黒川の葦名を攻め、この明応の乱（明応十年、後改元して文亀元年）で、またも敗れてしまいます。

宝徳の乱と享徳の乱のどちらも猪苗代氏の城主が経元であったなら、経元は血気盛んな戦好きの武将であり、負けた遺恨も相当あったことでしょう。

この明応の乱が起きた時、経元が存命で高齢のため戦地に赴くことができなくても、戦の指示はできたかもしれません。

仮に亡くなっていたとしても、経元の遺訓がこの戦を動かした可能性は否めません。

上野白浜子氏の『兼載年譜』に拠れば、明応の乱の翌年、文亀二年（一五〇二）兼載は会津を訪れます。

明応の乱が治まったとはいえ、この時の会津は葦名盛詮の子盛高《もりたか》が領主となっていたのですが、その子盛滋は血気にはやる二十代で、父盛高と子盛滋との対立が表面化し、争いとなっていたのです。

両者の争いは、会津の領内を分立させ内乱を招く危険を伴っていました。

この時の兼載の帰郷の様子を、上野氏の『猪苗代兼載伝』から紹介します。

いま、彼の帰郷は会津の地を戦乱の苦難から救うために芦名盛高に拝芝して和平を図る進言をすることである。……領主芦名盛高に勧めた彼の忠告は用いられぬばかりか、人々から疎外されわが身の危険さえ感じたのである。黒川自在院に籠った兼載は、「俳諧百韻」を詠みこれを諷刺した。

この記述から二つの疑問が浮かび上がってきます。

都で高名な連歌師兼載の忠告を、なぜ葦名盛高は退けたのでしょうか。そればかりか兼載はこの時なぜ身の危険まで感じたのでしょうか。

兼載はこの時の「俳諧百韻」で、次のような句を詠んでいます。

たび人の宿をも終にこずかれて
あぢきなげなるゆふくれの空
こしをれの祖父に似たる三日の月
秋やはつらんわかきかたがた
露ほとも用られぬかまひごと
後には中をたがわれぞする

（ウノ一〜六）

一句目の「たび人の宿をも終にこずかれて」は、周囲の人にいじめ苦しめられて旅人が終に宿さえ後にする様が描かれています。

二句目「あぢきなげなるゆふくれの空」は、思い通りにいかず、どうにも仕方ないように感じた夕暮れの空に、旅人は自分を見ているのです。

とりわけ三句目の「こしをれの祖父《おほぢ》に似たる三日の月」では、思い通りにいかないと感じた空に、月を眺めた時、腰が折れ曲がった不甲斐ない祖父を、欠けて湾曲した三日月に重ねてしまうのです。

五句と六句は、自分の意見が全く採用されなかっただけでなく、その後には仲たがいまでさせられてしまったという嘆きが詠われています。

「俳諧百韻」の「俳諧」とは、洒落や俗語を用いておもしろみを持たせた「俳諧連歌」のことで、和歌的な風流を尊んだ有心連歌の苦吟とは違って、緊張から解き放たれた言い捨ての多いものでした。

苦境に立たされた兼載にとって、気分転換にはもってこいのものだったかもしれません。このような「俳諧」だからこそ、彼の本音が吐露されやすかったのだと思われます。句中の旅人は兼載自身といってもいいのではないでしょうか。

ここで注目したいのは、自分の進言が聞き入れられなかった苦悩と、周囲からの疎外と仲たがいの間に、祖父が詠まれていることです。しかも「こしをれ」の欠けた「三日月」として、まるで「あぢきない」（思い通りに行かず、どうにも仕方がない）というような、おのれの苦しみを祖父にぶつけるかのように……。

兼載が帰郷する前年（文亀元年）に、明応の乱で猪苗代氏は葦名盛滋に敗れています。帰郷した兼載が進言した際、彼が猪苗代氏の正統であったことが露見したら、大変危険な立場に置かれてしまうのは、当然のことではないでしょうか。

享徳の乱以来、葦名と戦っては敗れてきた猪苗代氏、その首謀者たる祖父経元（盛光）を「こしをれ」と蔑みたくなる兼載の心情も、わからないではありません。

翌年の文亀三年（一五〇三）にも兼載は会津を訪れ、顕天《けんてん》に『竹林抄《ちくりんしょう》』の講義を行います。身の危険を感じても再び彼を会津に駆り立てたのは、この講義のためだったのでしょうか。（顕天については後述する）

この間、兼載の身辺に何か動きがあったのではないでしょうか。

そして、翌永正元年（一五〇四）に、京都の景徐周麟を訪問して斎号を依頼し『耕閑軒記』を得るのです。

この時景徐周麟へ、自らの出自と、父親が猪苗代式部少輔盛実であると語ったことと、一昨年の帰郷の際、身の危険を感じたいきさつが無関係だと言い切れるでしょうか。

永正元年二月の上京について、金子金治郎著『連歌師兼載伝考』には、「永正元年上洛のことは、周麟の記録に明らかであるが、実隆公記とか後法興院記のような公卿日記には、なんらの所見がない。園塵第四でもこの時上洛を確かめる資料は見当らない」と、書かれており、兼載のこの上洛を確かに伝えるものは、景徐周麟の『耕閑軒記』のみであるというのです。

この記載から、兼載は、この上洛時に景徐周麟以外、それまで交流を持った文化人たちと会う機会を持たなかったことになり、換言すれば、会う機会を持つ余裕がなかった可能性が出てきます。

急いで都へ上り、景徐周麟を訪ねて斎号を依頼し、自らの出自を語って『耕閑軒記』に著されたことを見届けると、間もなく下向したのでしょう。

長い間ぼんやりとしていた自らの出自が、ようやくはっきりしたというような高揚感が、彼を会津へ引き寄せたのかもしれません。

その翌年の永正二年（一五〇五）九月十三日には、葦名盛高・盛滋父子争乱の和解を祈って、兼載は「葦名祈禱百韻」を詠むのですが、この時は、丁重にもてなされています。

それではなぜ、葦名盛高は掌を返したように、兼載を歓待したのでしょうか。

恐らく文亀二年に兼載帰郷時の冷遇を知った猪苗代氏は、黒川の葦名氏に和睦を願い出たのではないかと考えられます。

なぜなら『猪苗代町歴史年表』には、兼載が古河《こが》（現茨城県）で亡くなった翌年の永正八年（一五一一）猪苗代氏が黒川を襲う、と記されており、まるで兼載が亡くなったのを見極めてから、葦名氏を襲っているかのように受けとめられるからです。

北野連歌会所奉行を任命され連歌の宗匠として都で活躍していた兼載の、連歌師としての名声と実力も、葦名盛高の態度を一変させた原因だと思われますが、戦乱の世に於いてそれぞれの領地を守る領主たちのかけひきも、兼載の処遇に対する葦名氏の変化に、影響していたのではないでしょうか。

## Ⅱ　いかなる種か

兼載にとって父猪苗代式部少輔盛実はどんな存在だったのか、兼載は父をどう思っていたのか、それを示す明確な史料はありません。

そこで兼載が詠んだ句から、彼の父親への想いを探っていきたいと思います。

兼載自選の句集『園塵《そののちり》第三』に、

いかなる種かうらみとはなる
年ふれば小松も花に風吹て

があります。

まず前句は恋の句と捉え、「種」を原因、「うらみ」を恋人への未練として、

いかなる種からうらみとはなる

＊いったいなぜなのか、あなたへの未練が募るのは

と解釈します。

これに兼載は、「小松」の付句を詠みました。「年ふる小松」は、「年経る」悠久の長寿とされるものです。また付句では「種」が血統、「うらみ」は恨みの意に転じました。

年ふれば小松も花に風吹て

＊長い間変わらずに在る小松が、巡る季節に風に吹かれて散りゆく花を傍らで見続けなければならない、そのつらさに、自分はいったいどのような血統なのか恨めしく思うことです

もし、「小松」が兼載自身ならば、自らの「種（血統）」を「うらみ」（つらいものだ）と思っていたことになります。

極秘裏に生まれて育てられていたかもしれない兼載は、自分の父が誰なのか、幼い頃から疑問に思っていたことでしょう。

成長して父盛実の存在を知ったのはいつ頃かはっきりしませんが、或いは文亀二年の帰郷の際に、身の危険を感じて初めて自分の血筋を知ったということも考えられるのです。そして翌年それを確かめるために再び帰郷し、確かめた上で京都の景徐周麟を訪れて語ったという筋書きも、全く不可能ではないのです。

仮に、伝えられていた通りに父盛実が出家して世を遁れていたことを、兼載が知ったならば、自分は父親に捨てられたと恨むのではないでしょうか。そしてそうさせた世の中に対しても……。種（血筋）には、父盛実だけでなく、葦名との戦に敗れ続けた猪苗代氏、或いは「こしをれ」の祖父への不満もあったかもしれません。

戦乱に次ぐ戦乱の世に生まれ育った兼載が、「花に風吹（き）」散りゆく世の様を、どんなにつらい思いで見続けていたのか、その悲痛な声が、聞こえてきそうです。

自分を捨てて隠遁していた父への恨みは、愛情の裏返しだったのでしょう。

その父から祖父の「猪苗代氏」という自分の「種（血統）」ゆえに、戦乱の世で生きなければならない不運に心を痛めている兼載の想いが、松風のように切なく響いてきます。

『園塵第三』には、

おもひしづむをさていかにせん
捨てばやの世にたらちねの在るもうし

と、「たらちね」を詠んだ句があります。

「たらちね」は、本来枕詞の「垂乳根」から転じて、そのかかる語「母」「親」をいうのですが、女の意の「め」を用いた「たらちめ」の形で母をいうようになると、これに対して「父」のことを、「たらちね」ともいうようになります。

前述の兼載の私家集『閑塵集』に「ながらへてかひなき身をもたらちめのあととふけふぞ思ひ

なぐさむ」の歌があったように、母加和里のことを、兼載は「たらちめ」と詠んでいるのです。するると兼載句集『園塵第三』の句の「たらちね」は、母加和里のことよりも、父盛実と考える方が妥当ではないでしょうか。

おもひしづむをさていかにせん
＊物思いに沈んで心がふさぐのを、さてどうしたらよいでしょうか

という前句に、

捨てばやの世にたらちねの在るもうし
＊気持ちが落ち込んでどうしようもないので、この世を捨てて出家しようと思うのですが、その世界に父がいるのでそれも気が進みません

と兼載が付けたのです。

事実を詠んだとは断言できませんが、世を捨てて出家したところに「たらちね」（父）がいると詠んだこの句は、兼載の中で少なからず「たらちね」（父）と世捨て人のイメージが重なったものとして、注目したいのです。

そして、さらに着目すべきは、父のいる世界に自分が行くことを「うし（憂し）」（つらい、気が進まない）と詠んでいる点です。

近づきたくない存在のように、父を捉えていたとしたら、やはり自分や家族を捨てて出家した、

父への恨みが根底にあったのかもしれません。
兼載は晩年、次のような連歌も詠んでいます。

君に仕ふる身をな恨みそ
たらちねの跡つぐ程の道ならで　　　　『園塵第四』

この句の「たらちね」も、父盛実と考えられます。

君に仕ふる身をな恨みそ
＊主君にお仕えする臣下としての境遇を不甲斐なく思わないでください

という前句に、

たらちねの跡つぐ程の道ならで
＊父の跡目を継ぐほどの道ではないので、それを継がず、天皇にお仕えする我が身をどうか恨まないでください

と、兼載は付けました。恐らく前句の主君を、付句では天皇の意の「君」に転じたのでしょう。
連歌師として最高位の、北野連歌会所奉行職に就き、長きにわたって宗匠として連歌界の中心に在った兼載は、後土御門《ごつちみかど》天皇の御製連歌の加点の下命を拝したり、連歌論『若草山』も天皇の叡覧に供えられています。

こうした経緯を考慮すると、父の跡目が猪苗代家を受け継ぐことであったならば、地方の豪族として戦乱に命を捧げるよりも、連歌の道を究めて天皇を戴いた天下にお仕えしたいとする自負のようなものも、感じられなくはないでしょう。

前述の「いかなる種か……」の前句にも、そしてこの「たらちねの」の前句にも「恨み」という語が出てきます。

先ほどの「捨てばやの世にたらちねの在るもうし」の句といい、兼載が母（たらちめ）を詠んだ歌の「思ひなぐさむ」と比べても、父と母の捉えられ方には、あまりにも距離があると言えるのではないでしょうか。

生まれてから幼少にかけて、精一杯の愛情をかけて育てた母加和里は、兼載が黒川の自在院へ引き取られた後も、小平潟天満宮に我が子の将来を熱心に祈願していたことでしょう。だからこそ兼載が自らを「かひなき身（不甲斐ない身）」と嘆き落ち込んだ時に最も心を慰めてくれたのが、母加和里の面影だったのです。

しかし、父盛実は兼載出生の頃、世を遁れて出家していたとしたら、父との思い出は殆どなかったはずです。それゆえ母の存在ほどに、心の支えにはなり得なかったのではないでしょうか。

前述の「いかなる種か」の「うらみ」は、自らの血筋を知ってのやるせなさを詠んだもので、それは取りも直さず、父を身近に感じたかった愛情の裏返しだったかもしれません。

兼載が晩年に詠んだ「たらちね」への「な恨みそ（恨まないで下さい）」は、血筋の道ではなく、自分は自らの道を究めてきた、これからもそのように生きていくから恨まないでという、どこか父を遠く突き放したような心情さえも受けとめられるのです。
『園塵第四』には、

老をなぐさむ言の葉もがな
たらちねに物おもふ色の有もうし

と、「たらちね」を詠んだ句があります。

老をなぐさむ言の葉もがな
＊年老いてゆくこの身を慰める言の葉の歌が欲しいものです

という老境に沈む想いを歌でまぎらせようと詠んだ前句に、

たらちねに物おもふ色の有もうし
＊年老いた親の、物思いに沈む表情を見るのはつらい、老いを慰める手紙の文言が見つかればいいのですが

と兼載が付けた句です。
自身の老いを歌で慰めようとした前句に対して、付句は年老いた親に憂いの表情を見てつらくなった息子が、慰めようと手紙を書くのですが、なかなかその言葉が見つからないもどかしさを詠んだものです。

この「たらちね」も、やはり父のことだと思われます。

母加和里は兼載が晩年、「ははの三十三回によめる」の詞書きで歌を詠んでいることから逆算しても、若くして母を亡くしていることになり、この句の親には相当しません。

兼載の父盛実がいつ亡くなったかはわかりませんが、この句からは、老いを重ねる父に対し、慰めの手紙もなかなか書けないでいる息子の、老境に沈む父を見るのはつらいが、だからと言ってその愛情を素直に手紙にしたためて、父に送ることができない複雑な心情が見えてきます。生まれてから長い間、父との空白の期間がそうさせたのかもしれません。

父盛実も、もし出家していたなら、なかなか息子に会おうとしなかったのではないでしょうか。仮に会ったとしても、父親らしいことを一切してこなかった自分を恥じて、その表情は絶えず憂いをおびていたことでしょう。

息子は息子で、老いてゆく父を気にかけてはいても、まっすぐに向き合えない心の葛藤があったのだと思います。

互いに相手を深く思っていても、まっすぐに向き合えない哀れな親と子。兼載と父盛実は、戦乱の世の真っただ中で、引き裂かれた時代の犠牲者だったのかもしれません。

# 二、叔父広幢　～心敬庵品川へと～

兼載は、十代を過ぎた頃から諏方神社の月次連歌会で頭角を現すようになります。六歳の時、会津黒川（現会津若松市）の自在院に引き取られ僧となり、仏道修行の傍らで学問や文学にも精進していたのです。

当時諏方神社は自在院に隣接しており、そこでの連歌会は相当な実力者たちが座する場となっていました。

その連歌会にわずか十二、三歳の兼載が出座してすらすらと秀句を詠んだとしたら、周囲は驚くでしょう。そして毎月毎月それが続いたら、足許にも及ばない自らをいやというほど見せつけられて、兼載への**やっかみ・そねみ**へと移っていくのも自然な流れと言わざるを得ません。

一句を聞いて百句を案じたとも伝えられる兼載の抜きん出た才能。驚異から嫉妬の感情を抱いた一部の人が、その感情を露骨に行動へあらわしていくのです。

十五歳の頃には兼載の才能を妬む者が連歌の席に臨むことを拒み、誤ってその一指を門に挟んで折ってしまったという話が「兼載の一指憤」として伝えられています。（林毅・上野白浜子共編『猪苗代兼載年譜』）

また諏方神社での連歌会で、兼載が度々その席に列し、秀句を詠むので会衆が嫉妬して、一間の戸を閉じて兼載を閉じ込めてしまった。後にその戸が「兼載措戸」として自在院に伝えられたということです。(『福島県耶麻郡誌』)

これらの話は、真偽を問わないまでも、諏方神社の連歌会で少年兼載がそれほど優れた句を詠んで、周囲を驚かしていたことを物語っているのではないでしょうか。

ところで兼載の周囲には嫉妬ではなく、もっと兼載の才能を伸ばしてあげたいと思った人物が少なくなかったはずです。

その歌才を認めた一人が、六歳の彼を引き取った、自在院の仏賢大和尚でした。恐らく諏方神社の月次連歌会への出座を薦めたのも、大和尚だったと考えられます。

そして兼載は十六歳を過ぎた頃、当時連歌師として一廉《ひとかど》の人物だった、叔父にあたる**広幢**《こうとう》から強い影響を受けていくのです。

広幢は、歌を正徹《しょうてつ》に学んだとされ、応仁元年(一四六七)十二月品川の草庵で心敬《しんけい》が発句を詠んだ『何路百韻』では、七句目を詠んでいます。

同じ頃「(応仁元年末)心敬の『所々返答第二』は広幢の熱意に動かされて、彼の句集に加点(句の批評)した時に書き与えたものだろう」との金子金治郎氏(『心敬の生活と作品』)の見解を踏まえて、大村敦子氏は、「広幢を叔父と考えると兼載が『所々返答第二』を目にした可能性はあろう」(『兼載連歌論の形成』)と述べています。

連歌界の第一人者だった心敬は、応仁元年六月に都を離れ、海路東へ向かい、品川に草庵を結びます。心敬に批評を請う人は連歌師に限らず少なくなかったに違いありません。

彼の『所々返答』は返書集で、第一から第三までであります。第一の返答は細川勝元《かつもと》、またはその周辺（文正元年・一四六六）、第二が先ほどの兼載の叔父広幢への返答であるとの考察が金子氏よりなされ、第三は宗祇宛て（文明元年・一四六九）とされています。

第一の宛先細川勝元は幕府の管領《かんれい》として政治的手腕を発揮し、文化人の面も持ち合わせていましたが、何よりも応仁の乱を引き起こした一人とされ、山名方（西軍）と争った東軍（細川方）の総大将として歴史に名を残した人物です。

因みに「管領」とは幕政の最高責任者であり、将軍足利氏の執事でもありました。

このように心敬は、本人もさることながら、室町時代の歴史に名を刻んだ人物たちに返書を送っていたのです。

心敬が返書『所々返答第二』を送ったとされる広幢は、歴史のおもてに登場するほど際立った足跡は、残念ながらありません。しかし心敬にとって広幢との関係は軽んじられないものでした。

心敬と広幢がともに正徹門であったことも、二人の距離が近かった理由の一つかもしれません。

広幢は『広幢付句集』三巻を残していて、一巻は「文正二年法印《ほういん》権大僧都行助加点」、二巻目は、「文明十年十一月宗祇合点」のもの、そしてもう一巻は年次がありませんが、「兼載が加点した」もので、二巻目より後の巻と考えられます。（金子金治郎著『連歌師兼載伝考』）

つまり、広幢は自らの「付句集」に加点を行助《ぎょうじょ》・宗祇・兼載という連歌師として当時最も優れた人々に依頼していたのです。

これは、広幢の連歌師としての実力と知名度の高さを示すものとも言えますが、それ以上に彼の、連歌に対する真摯な姿勢や熱心さが響き渡っていたからではないでしょうか。

広幢が兼載に加点を依頼した件に関わると推測される、広幢宛の兼載書簡を、上野白浜子著『猪苗代兼載伝』の「広幢宛の兼載真蹟書簡」より、紹介します。

遠堺之芳信、寔成拝顔之思候、祝着此事候、抑御一巻披見申候、毎句殊勝勿論候、付墨事承候、斟酌候上、近年餘自都鄙方々承候間、不堪之気力、難堪之事候而、従今春停止、御製合点さへ堅返上申候、雖然以旧友之好、自遠国承候間、是許任芳慮候、巨細慶祐可令申候歟、存命中、今一度面談申度候、此便風俄之様候間、先芳礼一筆申候、細々好便之時に、可申承候事本懐候

恐々敬白

六月十一日

兼載　花押

広幢禅師　　尊報

◎読み下し

遠堺の芳信、寔に拝顔の思いと成り候、祝着此の事に候、抑も御一巻披見申し候、毎句殊勝勿論に候、付墨の事承り候、斟酌候上、近年餘都鄙の方々より承り候間、不勘の気力、難勘の事候ひて、今春より停止し、御製合点さへ堅く返上申し候、然りと雖も旧友の好を以て、遠国より承り候間、是ればかりは芳慮に任せ候、巨細は慶祐に申さしむべく候や、存命中、今一度面談申したく候、此の便り風俄の様に候間、先ず芳礼一筆申し候、細々好便の時に、申し承るべく候事本懐に候、恐々敬白

＊通釈

遠くからのお手紙を拝見し、本当にお目にかかりたいと思っていましたので、とてもよろこんでおります。さてご依頼の御一巻を拝見しましたが、無論どの句も優れているようです。合点のこと承知しました。そちらのお気持ちをくみ取った上で行いたいと存じます。近年、都や地方の方々から沢山承ってきました。気力も持ちこたえられず、堪え難くなってきましたので、今春から止めております。天皇御製の合点さえも堅く返上申し上げているのです。そうは言っても旧友の好《よしみ》で、はるばる遠国から承っておりますので、これだけはそちらのご意向に任せたいと存じます。詳しいことは慶祐に申し伝えさせましょう。存命中にもう一度会ってお話し申したく存じます。情趣にあふれ、心惹かれました、あなた様のお手紙に、先ずは一筆申し上げます。子細はまたお便りにて申し述べて戴けましたら本望です。恐々敬白。

この書簡の最後には、六月十一日の日付が記されていますが、いつの年かは書かれていません。それでも広幢の一巻への合点（句の評価）を兼載が承知する旨が書かれています。また今春から体調を崩して気力も萎え、合点を断っているけれど広幢の依頼だけは受けて、しかももう一度会って話したいと兼載は願っています。文書の「存命中」は健康を害した兼載のことか、それとも年上の広幢を案じてのことか不明です。いずれにしても長い間二人が、親しい結びつきを持っていたことが読み取れます。

都から遠く離れた地から広幢が、都の兼載へと合点を望んだのは、いつの六月十一日だったのでしょうか。

明応六年（一四九七）春、兼載は後土御門帝の御製連歌に加点の御下命を拝します。（後述）書簡にもその話題があります。しかも後土御門帝は明応九年（一五〇〇）九月に崩御されます。これらを考え合わせると、この書簡は明応六年から明応九年の間の六月十一日ということになります。

従って、兼載が四十六歳から四十九歳にかけて、広幢へ送った、『広幢付句集』三巻目に関する書簡という見方が妥当と言えます。

何を於いても広幢の依頼に応じた、兼載。叔父として、先輩の連歌師として、或いは自らを連歌の大御所である心敬のもとへと導いてくれた恩人として、尽きぬ思いを広幢に対して抱いていたのでしょう。

また、前述したように、広幢の連歌に対する真摯で熱心な姿勢に心動かされたのかもしれません。

兼載が十六歳から十七歳にかけての応仁二年頃、連歌師として精進していた広幢は、叔父として兼載の抜きん出た才能に惚れ込み、品川の心敬に兼載を託して、その才能を伸ばしてやりたいと願ったという想像も全くの的外れではないでしょう。

また前述の大村氏が指摘する、心敬による広幢宛の『所々返答第二』を兼載が目にしていた可能性があるとすれば、兼載自らが心敬に付き従って連歌を学びたいと、広幢に願い出たとも考え得るのです。

いずれにしても兼載を心敬へと導いたのは、叔父広幢である可能性が高いと言えます。関東にあって、当時随一の連歌師であった心敬。彼の許で歌を学ぶことがどれだけ貴いものであるかをよく知っていたからこそ、広幢は兼載を心敬にまみえさせたのではないでしょうか。

その広幢の想い描いた通り、心敬は兼載の才能を見事に見抜くのです。

こうして叔父広幢を介して、兼載は心敬との邂逅を果たし、十七歳の頃心敬に師事して、連歌の道を邁進していくのです。

兼載と心敬の師弟関係を築く契機を提供したのは、当時一廉の連歌師であり、心敬と親交のあった叔父広幢だったと考えられます。そうした意味でも兼載にとって叔父広幢の果たした役割は大きかったと言えるでしょう。

## 三、渡されたバトン　～心敬から宗祇へ～

応仁二年（一四六八）十七歳の頃の兼載は、品川の心敬《しんけい》に師事しました。その頃はまだ「兼載」ではなく「興俊」（法号とも）と名乗っていました。この応仁二年に宗祇は、品川を訪れ心敬と連歌を詠んでいます。心敬は宗祇に連歌を指南していたのです。そしてこの年に宗祇は『白河紀行』を著しています。

連歌論の最高峰とされる『ささめごと』の作者でもある心敬は、前年の応仁元年（一四六七）に応仁の乱を避け、離京して品川へ下向していました。

応仁二年というざっくりした時間枠で捉えると、一年は長いです。この年に心敬の弟子入りをしていた興俊（兼載）が宗祇と接した可能性は否定できません。

心敬は弟子興俊の才能にいち早く気付き、その才能の開花を導いてくれた伯楽《はくらく》であり、恩師でありました。それが、二年後の文明二年（一四七〇）正月、太田道真《おおたどうしん》主催の「河越千句」に興俊を列座させたことにもあらわれています。

「河越千句」で、発句を詠む主賓は心敬でした。二番目に当たる脇句は主催者（あるじ）太田道真が詠んだのですが、興俊は末席だったのです。

十九歳という若さと、心敬に入門してそれほど経っていなかったという状況がそうさせたのかもしれません。

しかし晩年兼載は、後継者兼純がまとめた『兼載雑談《ぞうだん》』の中で、太田道真のことを「同（新撰菟玖波）集に、道真法師といふ作者入たり。口惜き事なり（『新撰菟玖波集』に太田道真が作者として入集した、口惜しいことよ）」と語っており、太田道真に対して何らかの感情的なわだかまりを持っていたことが窺われ、「河越千句」での太田道真の自分に対する扱いがこの発言の一因だったのかもしれません。

一方、連歌を愛好していても武将であった太田道真にとって、心敬や宗祇の一流連歌師と比すれば、興俊（兼載）の才能に興味を持っていたとは思えません。恐らく、興俊のような若造がこの場（「河越千句」）に同席することに違和感さえ抱いていたとも考えられます。

これは、心敬がまだ十代だった興俊の才能をいかに認めていたかを示すものと言えるでしょう。

文明二年（一四七〇）は、連歌師猪苗代兼載の一生を左右すると言っても過言でないほど、重要な年となります。

一月に張行《ちょうぎょう》された「河越千句」に加わったことは言うまでもありませんが、二月頃に師とともに品川を出立し、心敬を会津へと招いていくのです。

島津忠夫氏の「心敬年譜考証」（『島津忠夫著作集第四巻心敬と宗祇』）には、「六月末、会津に到着する。……会津は猪苗代家に生まれた興俊にとって故郷の地」と記され、「七月、会津にて『芝草句内岩橋』を興俊に与える。……八月頃、白河に着く。この白河行も興俊の案内であった」と述べられています。会津滞在中に心敬は、自らの連歌に註を施し、それに連歌論を添えた『芝草句内岩橋』を興俊（兼載）に与えたのです。

この「岩橋」は「磐梯山」の「磐梯《いわはし》」を指しており、磐梯山を眺めることのできる場所に暫く心敬が滞在したと推察されます。

興俊の生まれ故郷が猪苗代湖畔の小平潟であり、そこから眺める磐梯山の眺望が素晴らしい景色であるなら尚更、この地に足を留めた可能性は大きいと言えるのではないでしょうか。

さらに島津氏はこの心敬の白河行きを同書に於いて「さきに白河紀行をすませた宗祇の勧めもあっただろう」とも指摘しており、「河越千句」での折、「白河」を話題に宗祇と心敬の話が盛り上がって、心敬が「白河」に興味を抱いた様が容易に浮かんできます。

それではなぜ、興俊が、心敬の白河行きのお供をすることになったのでしょう。ただ単に興俊の故郷が、白河に近い会津だからでしょうか。無論それも理由の一つだったかもしれません。

しかしそれ以上に心敬の意思が働いたのではないでしょうか。弟子入りしてまだ二年も経っていない興俊をお供に据えた心敬にとって、この時既に興俊は大切な愛弟子だったのです。

もし文明二年（一四七〇）「河越千句」の際、宗祇と心敬の「白河」談に興俊が侍していたなら、宗祇の方から心敬に、興俊のお供を勧めた可能性もなくはないのです。その場合、宗祇が興俊の故郷（会津）を知っていたことが前提となりますが、前述の通り応仁二年、興俊が品川の心敬を訪れた年に、宗祇は品川で心敬と連歌を詠んでいます。この時二人（宗祇と興俊）が顔を合わせた可能性があり、心敬同様、宗祇も興俊の才能の片鱗に気付いていたのかもしれず、心敬に「白河行き」を勧めて、その旅に興俊のお供を話題にした可能性も否定できません。

文明七年（一四七五）三月、興俊（兼載）は都に上ります。都の宗祇草庵にて千句連歌の興行があり、第一発句を詠むのです。

これは、兼載句集『園塵第一』発句に収められ、次のように記されています。

千句連歌侍しに初春の心を

＊千句連歌が宗祇草庵で興行されました時に、初春の心を

の詞書で、

春はまた朝日色こき霞かな

＊春霞がたなびく早朝、東から射し込む朝日の赤や橙が霞とともに色濃く広がり、幻想的な美しさですよ

当時都で著名な連歌師杉原賢盛《すぎはらかたもり》（宗伊《そうい》）も出座しており、この千句興行で第一発句を詠むというのは、「河越千句」で述べたように興俊が主賓だったと言うことです。

その意味で千句興行は、興俊の連歌師としての出発を祝うものではなかったかと言われています。興俊二十四歳の春です。

「河越千句」から五年が経ち、ようやく都で連歌師としての第一歩を踏み出した興俊。しかもそのお祝いを、都の宗祇庵で興行されたということは、やはり五年前の「河越千句」での、宗祇と興俊の出会いが伏線になっていたのではないでしょうか。

心敬もまた、その五年間に、興俊（兼載）の才能を花開かせるべく、宗祇に幾度となく（文などで）働きかけをしていたのではないかと推察されるのです。

文明七年（一四七五）四月十六日、心敬が相模大山の山麓で亡くなります。享年七十歳でした。師亡き後、興俊は宗祇の許へと都に上りました。これは、師心敬が自分の亡くなった後を思い、あらかじめ宗祇に依頼をしていたかもしれませんし、逆に宗祇の方から心敬に興俊を都へと、誘いを請うていたのかもしれません。

いずれにしてもこの上京は、興俊の意思というよりも、生前心敬が宗祇へ託したか、宗祇から心敬へ働きかけた可能性が大きいでしょう。

この年（文明七年）の七月、宗祇は『源氏物語』を興俊に講釈し、後、興俊は宗祇の「宗」を得て、「宗春」と改名します。

同年十一月、宗春（兼載）は美濃へ下り、「因幡千句」に加わります。美濃には宗祇の師でもある専順《せんじゅん》がおり、宗祇が専順に宗春を紹介してのことだったのでしょう。

翌年の文明八年（一四七六）宗春は、幕府の権力者畠山政長《はたけやままさなが》の北野社法楽千句の席で発句を詠みます。

北野社とは北野天満宮を指し、連歌の神「天神」を祀る、都で最も崇敬を集めた神社です。その北野社境内には当時「北野社連歌会所」が置かれ、その聖なる場所で詠むことが連歌師たちにとって大変名誉なことだったのです。

幕府の権力者だった畠山政長が天神を供養するため法楽の千句を張行し、この晴れがましい席で、宗春（兼載）は発句を詠む、主賓として厚遇されるのです。
この時の句が、兼載句集『園塵第二』発句に収められています。

文明八年畠山左金吾法楽とて北野社に千句侍しに春雨

＊文明八年（一四七六）畠山左金吾政長が法楽（神を楽しませる）として北野天満宮に千句連歌を奉りました時に「春雨」の題で

の詞書で、

春雨をしらする露の草木哉

＊夥しい露を置いた草木がしとどに濡れ、静かに降る春の雨をも領しているようです

音もなく降る春の雨。煙るような静かな、その雨は春の暖かさを感じる雨でもあります。本来なら天から降る雨に濡れる草木を、逆に露の草木が静かな春雨を領しているというのです。「しらする」（領する・治める）の語は、幕府の権力者だった畠山政長に対する敬意と、発句を詠む（主賓）という厚遇への御礼もあったのでしょう。

二十五歳の若い宗春が、この晴れの席で発句を詠むという快挙を成し遂げたのは、彼の才能のなせる技だったのは言うまでもありません。そしてそれは同時に、連歌師として宗春が、当時相当認められていたことをも意味します。

しかし一方で彼が才能を遺憾なく発揮できたのは、宗祇が道を開いて後押しをしてくれていた

からだとも言えるでしょう。

宗祇は心敬の意を受け、或いは自らの意思も手伝って、上京した宗春（兼載）に連歌師として邁進する道を広げてくれたのです。

応仁の乱という大乱を避けて、比較的政情が安定していた関東に、心敬と宗祇という連歌の巨星がやって来た時代背景が最も大きかったでしょう。それが兼載には幸運だったと言えるのは歴史の皮肉かもしれません。

心敬も宗祇も、連歌の道を究めようとしていたからこそ兼載の才能に気付き、磨かせ、伸ばそうと念じたのです。

それに見事に応えていった兼載もまた、師の恩に報いたと言えるのではないでしょうか。

# 四、『難波田千句』

兼載は二十五歳で北野社法楽千句の発句を詠む（主賓）という栄誉に浴し、都で連歌師の地位と実力を着々と高めていきました。

ところが三十代になると、関東での活躍が顕著になるのです。

兼載がまとめた句集『園塵第一』と『難波田千句《なんばた》』との関わりから、而立後《じりつ》の兼載（当時は宗春）を探っていきたいと思います。

## Ⅰ　兼載句集『園塵第一』と『難波田千句』

『難波田千句』は文明十四年（一四八二）十月に詠まれたものとされています。

金子金治郎氏の『連歌師兼載伝考』に、「『難波田千句』が、江戸時代の研究家坂昌成によって、その中の付句六首が兼載の『園塵第一』に収められていることから兼載独吟の千句であると決定された」という記載があります。

『難波田千句』が兼載独吟（独りで詠んだ）の作品であるなら、関東に来ていたことになるのです。文明十四年彼は三十一歳で、当時は「宗春」と名乗っていました。

その根拠となった六首（①～⑥）を挙げて、それぞれの句を味わってみましょう。

『園塵第一』にある句は「　」、『難波田千句』のものは（　）の表記にします。

一部異なる表記は、『難波田千句』の文字を（　）内に記入します。

①「春連歌」（第十〔ゆくはるに〕）

のどかにすめる（すむや）やどのいけ水

＊静かに澄んでいることよ、庭先の池の水は

という前句に、

かはづなく雨夜の月のかげ更て

＊のどかな春、蛙《かわず》が鳴く雨の夜は、更けるにつれて雨も止み、雲間から射す月の光が庭先の池の水面を照らしています。蛙と一緒に月も、池に住んでいるようです

と、付けました。

晴れ渡っていく夜空を映すように静かに澄んでゆく池の水。その中に在《あ》って鳴き続ける蛙の声が深々と更けてゆく夜空に響いている、のどかな春の夜です。いつの間にか雨が止んで池の水面に月が宿っていました。宿に泊まって池を眺める作者は、鳴く蛙に加え、そこに浮かぶ月にも、同じ宿るものとして不思議な連帯を感じたのでしょう。

春の夜の、時の移ろいに降り続いていた雨も止み、晴れてゆく夜空の月が池の水面に浮かんだという視覚だけでなく、雨音が消え、蛙の鳴き声のみという聴覚でも伝え、深まる夜の静かな余

韻まで味わえるのではないでしょうか。

②「秋連歌」（第一〔あけほのを〕）

わくる野かみは秋風ぞふく

＊美濃の野上の地で、野原をかき分けてゆく旅路に秋風が吹いてきます

と、旅人を描いた前句に、

雨にきるみのゝ中山色付て

＊野分（台風）となったのか、さらに雨が襲い、旅人は簑を着て、美濃の山間を進んで行く。色づいた美濃の深山の上方は風が吹き荒れ、風雨に山の木々も激しく揺さぶられていることです

と、付けたのです。

野分の暴風雨の中、簑を着て美濃（現岐阜県）の山を行く旅人の姿は次第に俯瞰され、吹き荒れる大自然を上空から映し出すような、壮大でダイナミックな詠歌と言えましょう。

兼載は二十四歳時に、美濃の「因幡千句」に参席しており、美濃へは、その後も訪れている可能性があります。

③「雑連歌」（第三〔はるのよの〕）

とはれしの夕の雨に我出て

＊夕方雨かと聞かれ、私は出て見ましたよ

との前句に対して、

ひとり門さすやまかげの庵

＊山陰の我が庵を訪れた人が帰った後、夕べの雨に戸外に出て独り門を閉ざしたことです

と、前句の「問《と》はれし（聞かれた）」を、付句では「訪《と》はれし（人が訪れた）」に転じて、庵を訪れた人が帰った後、夕べの雨に独り門を閉ざす隠遁者の姿を詠んだものです。

訪問客も稀な山陰の庵、そこに久しぶりに訪れた人が帰った夕方雨が降り出し、戸外へ出て門を閉ざす隠者の、言い知れぬ孤独と寂寥が伝わってくる句です。訪問を受けなかった方が、夕べの雨と淋しさにこれほど震えることもなかったのにと、ため息さえ聞こえてきそうです。

④「雑連歌」（第九〔にしきにて〕）

みてる（は）かくるならひとぞきく

＊月は、満ちては欠けるならわしであると聞きます

と、月の満ち欠けを詠んだ前句に、

あら塩に古き舟ばた心せよ

＊満潮時には、荒れる潮が水を浴びせかけてくるから、古い舟の船べりは気をつけなさい

との付句です。

この付句では、「みてる」の「満つ」が「満潮になる」、「かくる」の「かく」が「掛く」（水をかける）に転じて、満潮時の海水が古くなった船べりを襲うから気をつけよと、注意を促しているのです。

海上での移動は、今以上に多かったでしょう。潮の満ち引きで、海の水位が変わっていく大自然の威力。それほど備えもなかった当時の、しかも古い舟であってはなおさら転覆も懸念される、心細い思いをしての移動だったと察せられます。

⑤「雑連歌」（第七〔あくるよを〕）

さまをかへんはさすが成けり

＊普通と様子が違うのは感心しません

との前句に、

たらちねのあとは家さへかたみにて

＊出家をするのはやはり感心しません。親の跡目は家までもその形見として残っていますから

と、付句を詠んでいます。

付句では「さまをかへん」を「出家する」意味に転じています。長い間家督が続いた名家、それまでも形見にして出家しようとするのは感心しない、と兼載は言うのです。

⑥「雑連歌」（第九〔にしきにて〕）

つゐ（ひ）にのぼらん山ぞ近付

＊登ろうと思った山に遂に近付きましたよ

の前句に、

けふまてはけぶりを人（よそ）のうへにみて

＊今日まで立ちのぼる炊事の煙を遠い山の上に見てきましたが、とうとうその山に近付くことができました。もうすぐその家の人に会えますよ

と付けました。

前句の山に登る「のぼらん」を、付句では「煙が立ちのぼる」意に転じたのです。前句の山に

登るという漠然とした行為が、付句ではその目的が明らかになります。目印の煙を目指して、その家の人に会いに行くために、一歩一歩山に近付いて行く登山者の息づかいや、彼の訪問を待つ山の住人の、炊事の様まで目に浮かんでくる、まさに秀作と言えるでしょう。

## Ⅱ　注目すべき句

他に注目すべき句として、『難波田千句』の第七には次のような句があります。

いひしことばに身をぞはぢぬる
＊話した言葉に、この身が恥ずかしくなりました

という前句に、

かずならぬ父のうらみも捨てねただ
＊恨み言を口にした自分自身を恥じています。父へのつまらない恨みなど、すぐに捨ててしまえ

と付けました。

前句は、打ち明けた言葉に恥ずかしくなって顔を赤らめたという恋の歌です。これに対して「いひしことば」が、付句では「口にした父への恨み言」に転じ、感情的になった自分を恥じているのです。そしてその「恨み」を「数ならぬ（つまらない）」とし、「すぐに捨ててしまえ」という乱暴な詠みぶりの中に、内面を客観視する冷静な作者がいます。

しかしその奥には、拭いきれない父への恨みを、つまらないから捨ててしまえと自らに言い聞かせなければ、心の安静を保てない兼載の、苦悶のようなものがあるのではないでしょうか。長い間抱いていた、だからこそ胸中から離れない父への恨み。取るに足らないつまらないことと捨てるにも捨てきれない、父への執着は、この親子の複雑な事情を示唆しているのです。(「一、いかなる種か」)

『難波田千句』第十には、

ふるさとにさくらたちばな植ゑおきて

＊さびれた古い都にも桜や橘は植えられたまま、昔と変わらず季節ごとに美しい花を咲かせています

の前句に、

いはきの山にむかふしばのと

＊故郷に桜や橘を植え残して、岩城の山に向かう旅に出ました。柴を編んだ粗末な戸の庵を結びながら

の付句があります。

前句の、さびれた旧都の情景を詠んだのに対し、付句では「ふるさと」を「故郷」の意に転じて、美しい花を咲かせる桜や橘を植え残して、故郷を旅立つ作者の、覚悟のようなものが伝わっ

てきます。「柴の戸」を編んでいくほど「岩城の山」までは、遠い道のりなのでしょう。

「二、叔父広幢」で記したように、兼載が品川の心敬を訪ねてその弟子になった経緯には、広幢が深く関わっていたと考えられます。「岩城」はその広幢が住んでいた場所でした。

強い志を持って故郷の会津を旅立ち、叔父広幢のいる岩城に向かった若き日、「柴の戸」さえ今は懐かしい思い出かもしれません。

そして、『難波田千句』第八の、

たかこゑにいましのぶらむほととぎす

＊声高く鳴くほととぎすの声が今褒め称えられています

の前句に、

ただわがみちぞのちのよのやま

＊今はこらえているほととぎすよ。ただ進むべき自らの道こそ、この先声高に鳴ける山に至るのです

と、付句を詠みました。

前句では、「しのぶ」を「賞ぶ（素晴らしさを褒め称える）」の意にとり、ほととぎすの声を褒め称えた句になっています。

これに対して付句は、「しのぶ」を「忍ぶ（こらえる）」に転じました。鳴く季節が来るまで、じっ

ところえているほととぎすを、まるで励ましているかのようです。この「ほととぎす」に兼載は自分を重ねていたのでしょう。

十七、八歳で故郷会津を離れ、優れた連歌師となるべく心敬に師事し、心敬没後は上京して、宗祇の働きかけを受けて徐々に連歌師としての地歩を高めつつあった宗春（兼載）。この『難波田千句』を関東で詠んだのは、文明十四年（一四八二）十月、三十一歳の時でした。

この後十年も経たない間に、北野連歌会所奉行（宗匠）に就いたことを考えるならば、「ただ我が道ぞ後の世の山」の句からは、連歌の道を究め、連歌師として名声を得るべく、これから必ず大成していくというような、揺るがない自負と強い意志が感じ取れます。

今はまだだけれども、この後にはきっと声高に鳴ける山が待っている、だからほととぎすよ、じっとこらえて己れの道を精進するのだよと、ほととぎすに呼びかけると同時に、自らを鼓舞した句でもあったのです。

三十代に入り、人間としても連歌師としてもこれからという、いわば春から夏を迎えようとしていた宗春。声高に鳴いて夏を告げるほととぎすを、あの鳥こそ自分なのだ、もうすぐ自分の季節が来ると、どこまでも広がる空に心を向けていたのです。

## Ⅲ 『難波田千句』が示唆するもの

さて『難波田千句』の「難波田」は、武蔵国入間郡南畑村の旧名で、現埼玉県の地名です。従って三十一歳の宗春（兼載）は、文明十四年（一四八二）の十月に、関東に下っていたことになります。

実は、この年の春に宗春は心敬の墓前詠を行っています。（『園塵第二』発句）『難波田千句』が十月に関東で詠まれた以上、季節が隔たっていたとはいえ、この「墓前詠」は、都で詠んだとは限らなくなります。

十七歳か十八歳で故郷会津から品川へ向かった兼載（興俊）は、心敬に師事して連歌師の道を歩み出しました。文明二年（一四七〇）の「河越千句」には、師心敬とともに参席し、その五年後に、心敬が相模大山山麓で亡くなると、上京して宗祇の許へ赴きます。爾後、宗祇の「宗」を得て「宗春」と改名し、宗祇の働きかけを受け、連歌師の名声を高めていきました。

そして文明十四年、宗春は関東へ下っています。目的は何だったのでしょうか。

ところで心敬が関東へ下ったのは応仁元年（一四六七）、都での戦乱を避けてのことでした。鈴木長敏《ながとし》の招きで品川に到着すると、長敏が準備した草庵に身を寄せます。

鈴木長敏は、太田道真が主催した文明二年の「河越千句」にも連なっている、太田家の被官です。この時心敬は主賓待遇の発句を詠み、脇が道真、三句が宗祇、そして興俊（兼載）も列座していたのは前述の通りです。

『島津忠夫著作集第四巻心敬と宗祇』によると、文明六年（一四七四）六月十九日太田《おおた》道灌《どうかん》主催「武州江戸歌合」に、心敬は三首の和歌を詠み、判者《はんじゃ》を務めるという記載があります。

この歌合は二十四番、作者は太田道灌、資忠、資常（ともに道灌の弟）、資雄（資常の子）、木戸参河守孝範、大山大和守資俊、興谷宗善好継ら十七人です。

翌文明七年（一四七五）四月十六日、心敬は相模大山山麓に没します。

この相模大山山麓、現神奈川県伊勢原市には「心敬塚」があります。古墳の北側にあった「浄業寺」（廃寺）に、文明三年（一四七一）頃心敬は寓居し、太田道真、道灌親子と連歌などを通して親しく交わっていました。

歌道に精通した武将の太田道真、道灌親子が、心敬の東国下向から大山山麓で没するまで、その連歌活動の大きな後ろ楯となっていたのではないでしょうか。

現在でも「心敬塚」は相模湾が見下ろせて、大山の麓から広がる伊勢原市街の眺めも素晴らしい所にあります。恐らく当時もここからは見事な眺望だったことでしょう。

心敬塚

宗春（兼載）の文明十四年（一四八二）関東下向に話を戻します。前年の文明十三年は、師心敬の七回忌の年でした。

もし墓前詠を都で詠むとしたら、七回忌の年に詠む方が流れとしては自然なのではないでしょうか。

都を離れ、はるばる関東へ下って相模大山山麓の心敬墓前へ赴いた兼載は、万感の想いで手を合わせて連歌を詠んだ。ここまで来るには何か事情があって、思いのほか時間がかかってしまった。それで一年遅れの春の墓前詠になったとも推察されるのです。

つまり七回忌の年に一年遅れて詠んだことが、かえって関東に下って、相模大山山麓の心敬の墓前で詠んだ可能性を大きくしていると捉えられるのではないでしょうか。

『園塵第二』の墓前詠は、

文明十四年の春前十住心院心敬僧都の墓所にて百韻の連歌さたし侍しに

＊文明十四年の春、前十住心院心敬僧都の墓所で、百韻連歌を張行しましたときに

との詞書で、

ちりにしも花は又さくこの世かな

＊散ってしまっても、桜の花はまたこうしてこの世に見事に咲くように、師心敬は亡くなっても、尊い教えは生き続けています

と詠んだ発句です。

連歌師としての地歩を高めつつ、連歌の世界に身を置く月日が経過すればするほど、心敬の連歌、連歌論、学説がどれほど素晴らしく、貴重なものであったのかを思い知らされていたのでは

ないでしょうか。

師は亡くなっても、散って再び咲き誇る桜のように、師の教えはこの世でまた美しい花を咲かせているよと、心敬の教えをしっかりと受け継いで、この世でまた咲かせてみせるという決意のようなものも伝わってきます。

心敬の教えに忠実になろうとする兼載は、この句を詠んだ時、「宗春」と名乗っていました。宗祇の「宗」を得ての名前だったのです。

この心敬墓前で詠んだ宗春の決意は、再び心敬の弟子になろうとすることであり、四年後の「宗春」から「兼載」への改名に繋がる想いでもあったのではないでしょうか。

換言すれば、宗祇の「宗」を得て名乗った「宗春」を改めることは、宗祇との距離を意味します。内面的な隔たりのみならず、都の宗祇から離れ、心敬が没した相模大山山麓へと赴いた距離でもあると捉えるのは、早計かもしれません。

ところで、『難波田千句』の六首が収められた兼載の『園塵第二』の発句には、相模国での作が一句、武蔵国での作が四句（ただしその中の一つを「藤原資直家にて」の詞書を武蔵国難波田と考えた場合）あります。

文明十四年、三十一歳の兼載（宗春）は、この年の春関東に下って、まず相模国の師心敬の墓に詣でて、連歌を詠んだのではないでしょうか。

『園塵第一』の発句には「太田備中入道千句連歌侍しに朝花を」の詞書があり、「河越千句」後にも、太田道真主催の「千句連歌」に宗春（兼載）は出座していたことになります。場所はやはり河越城だったのでしょう。

そしてこの太田家こそ、師心敬の連歌活動の後ろ楯となっていたのです。

文明十四年春、兼載は関東へ下向するにあたって、師と同じようにこの太田家を頼ったのではないでしょうか。相模大山山麓の浄業寺で寓居していた心敬を偲んで、師心敬の墓に詣でるために……。

太田道真（資清《すけきよ》）は、鎌倉公方《くぼう》を補佐する関東管領上杉氏の一族である扇谷《おうぎがやつ》上杉家の家宰《かさい》を務め、主君扇谷上杉持朝《もちとも》を補佐していました。

道真から家督を譲られた道灌（資長《すけなが》）は上杉政真《まさざね》・定正《さだまさ》の扇谷二代にわたって補佐します。

康正二年（一四五六）から長禄元年（一四五七）にかけて上杉持朝は家宰太田道真・道灌父子に命じて武蔵国入間郡に河越城を築かせました。

「糟屋館《かすやのやかた》」（現神奈川県伊勢原市）は上杉持朝が築いた扇谷上杉家の舘ですが、持朝に仕えた太田道真（資清）がこの「糟屋」に本拠を置いていたため、道灌は相模国糟屋で生まれたと考えられています。そして文明十八年（一四八六）に道灌が暗殺されたのも、この「糟屋館」でした。

つまり武蔵国入間郡に河越城を築いて後、そこに移り住んだとはいえ、太田道真・道灌父子は相模国糟屋から大山山麓辺りにかけては、所謂《いわゆる》馴染みの土地だったのです。

晩年の心敬が寓居した浄業寺で連歌を詠み、親しく交流した太田道真・道灌父子。浄業寺近くの「心敬塚」を詣でて、墓前詠をするために関東へ下った宗春（兼載）を援助したのは、太田家被官の鈴木長敏らを含めた太田家である可能性が、とても大きいのではないでしょうか。

さて、『難波田千句』は、『連歌師兼載伝考』で金子氏が指摘するように、難波田領主難波田氏の許で行われたと考えるのが妥当でしょう。

『園塵第二』発句の詞書「藤原**資直**家にて」（藤原資直難波田許にて）にある、「藤原**資直**」についても、同著で、

新編武蔵風土記稿を見ると、入間郡今市村法恩寺の年譜録に記すとて、天文七年八月十九日付の難波田弾正左衛門尉善銀外一名連署寄進状、永正十七年五月十日付の**難波田弾正左衛門正直**の寄進状を挙げている。この**正直**と**資直**に注目すれば、正直の永正十七年という時期から見て、資直の子、あるいは孫という筋も出てきそうである。

と述べられており、兼載の『園塵第一』発句に登場する「藤原**資直**家（難波田許）」が、難波田領主難波田氏の家系であることを示唆しています。

前述のごとく「難波田」は、武蔵国入間郡南畑村の旧名で、「難波田城跡（難波田氏館跡）」が、現在、埼玉県富士見市東部にあります。同じ武蔵国入間郡の「川越城」とは距離も近く、南東に位置しています。

「難波田城跡」は難波田城公園（現埼玉県富士見市大字下南畑）となっており、その中央に「難波田城資料館」があります。

学芸員の方が、

千五百ゼロ年代、難波田氏に「直経」がいました。後の難波田弾正左衛門**正直**を念頭におけば、難波田氏は代々「**直**」の字を継いだと考えられ、文明十四年（一四八二）頃は、扇谷上杉家の家宰を務めた太田氏とも関わりがあったことから、太田家の「**資**」（太田道真は別名太田資清、太田道灌は別名太田資長、道灌の弟は太田資忠・資常）をもらった「**資直**」がいたことは、十分考えられます。

と、興味深い話をして下さいました。

これらのことから、文明十四年春、太田氏のはからいで、相模大山山麓の心敬の墓に詣でて墓前詠をした兼載（宗春）は、後に武蔵国河越城を訪れて太田道真主催の千句連歌に出座し、その前後の文明十四年十月に、河越の近く、難波田で『難波田千句』独吟を詠んだのではないでしょうか。

或いは、その際に難波田の「**資直**」の邸で兼載は発句を詠んだかもしれません。

いずれにしてもこの「**資直**」と兼載との関わりは明白で、兼載が関東に下っていた文明十四年頃、難波田に舘を構えていた難波田氏に「**資直**」がいなかったと否定することもできなくなります。

『園塵第二』には、武蔵国のみならず上野国（現群馬県）や常陸国（現茨城県の一部）での発句があります。兼載の関東下向が、文明十四年だけとは限りません。しかしこの年から数年程、関東に滞在していた可能性は大きいのです。

金子金治郎著『連歌師兼載伝考』には、「文明十二年十三年と連年奈良に下っている兼載が、文明十四年以後しばらく顔を見せていない」とも「兼載が再び都の連歌壇に顔を見せるのは、文明十七年三十四歳の春である」とも記され、さらに、武蔵国木戸孝範《きどたかのり》との交流を次のように述べています。

木戸孝範は歌学を冷泉持為《れいぜいもちため》から伝え、二条歌学を伝えた東常縁《とうのつねより》と双璧をなす歌人武将である。堀越公方足利政知《あしかがまさとも》に従って去る長禄元年関東に下り、文明十七年ごろは、太田道灌の居城江戸にあったことが、万里集九《ばんりしゅうく》の梅花無尽蔵に明らかにされている。その歌集孝範集によると、ある時期、宗春の兼載と軒を並べていたことが知られる。若い兼載の側面を伝えるものでもあるので、引いてみたい。「きさらぎの中の十日あまり、花をこそなどまつころに、風さむく、空かきくらして、はては雪ふりいでて、ひめもすふぶきなど、こしぢにいふらむも、おぼうにや、となかめ暮したるに、となりわたらひしめたる宗春法師の、くれもかかる空を、心あらんわかきものなど尋とふらん」

この記載からは、木戸孝範が文明十七年頃には江戸にいたことが明らかにされています。この「若い兼載」は、木戸孝範との交流を勘案すれば、『園塵第二』の頃からと想定するのが妥当でしょう。金子氏の指摘するように「文明十四年以後都にしばらく顔を見せていない」のは、この春に関東へ下って「心敬の墓前詠」をしているからで、木戸孝範と宗春の兼載とが軒を並べていた「ある時期」は、関東に下った文明十四年頃から文明十七年の間と、かなり絞り込まれてきます。

そして、木戸孝範と宗春（兼載）が軒を並べて暮らしたことから、少なくとも宗春は、若き日、ある程度の期間、腰を据えて武蔵国に留まっていたのではないでしょうか。

さらに木戸孝範は、前述した文明六年（一四七四）太田道灌主催「武州江戸歌合」の作者の一人でもありました。太田家との繋がりも考えられる人物です。

金子氏の『連歌師兼載伝考』に記載された、宗春の兼載が木戸孝範と軒を並べた庵も、心敬同様、太田家のはからいが背後に見え隠れします。

文明十七年、都へ再び顔を出した宗春は、翌年の「兼載」改名への準備を進める目的もあったのではないでしょうか。

三十五歳の兼載は改名をして、連歌師としてさらなる飛躍を遂げて行きます。翌長享元年（一四八七）には、宮中に「百句連歌」を進献し、その二年後に北野連歌会所奉行に任命され、連歌の宗匠へと上り詰めて行くのです。

三十六歳の年（改名の翌年）に兼載は、心敬の十三回忌追善の百韻連歌で次のような発句を詠んでいます。兼載句集『園塵第二』より、紹介しましょう。

文明十九年四月十二日心敬僧都の十三廻に仏の御名を冠に置て百韻の連歌沙汰しけるに

＊文明十九年四月十二日心敬僧都の十三回忌に仏の御名を句の頭に置いて百韻連歌を詠みました時に

夏のよの夢も過行く月日かな

＊この短い夏の夜に見る夢もそうですが、あっという間に過ぎて行く、この月日ですよ

※文明十九年は七月二十日に改元され長享元年になった。

と、矢の如く過ぎ去る光陰の中で、立ち止まるように追善供養の発句を詠んでいますが、この詞書に、墓前との明記はありません。それでも十三回忌の追善百韻興行は確かに記され、残っています。

金子氏の『連歌師兼載伝考』には、宮中への「百句連歌」が、この年の六月に進献されたという項目が記載されています。

つまり、文明十九年（長享元年）四月に心敬の追善百韻を興行した兼載が、わずか二ヶ月後の六月に「百句連歌」を進献できたとすれば、この「心敬十三回忌追善百韻」は、心敬の墓前（相模大山）よりも、都で興行された可能性が大きいのではないでしょうか。

こうした流れから鑑みても、文明十四年の春、宗春（兼載）は関東へ下って「心敬墓所にて追善百韻」を興行し、十月には難波田で「独吟千句」を詠み、その前後に河越で「千句」に出座したり、ある時期は木戸孝範と軒を並べたりして、暫くの間、十七年頃まで関東に滞在していたと考えられるのです。

文明十四年十月の、宗春（兼載）による『難波田千句』は、同年春、太田氏のはからいで相模国の心敬墓前に詣でるために関東へ下った、その延長の関東滞在に於ける連歌活動の一環として行われたのではないでしょうか。

# 五、宗匠交代

## Ⅰ　兼載への改名

文明十八年（一四八六）三十五歳の宗春は、「兼載」へと改名します。二十四歳で宗祇の「宗」を得て宗春と名乗ってから、約十一年後のことでした。

前章でも述べたように、「宗春」から「兼載」への改名は、宗祇からの距離を意味しました。二十五歳で畠山政長の北野社法楽千句で発句を詠むという天才的出現を果たし、その後、都で連歌師としての地位を高めたのは、宗祇の導きと援助があったからです。（金子金治郎著『連歌師兼載伝考』）

しかしそれ以上に兼載は、その才能を磨くべく人一倍努力を重ね、連歌師としての実力を高めて、その才と実力を自ら恃《たの》んでいったのです。

宗祇の後ろ楯や影響力を必要とせず、これからは、連歌師として独り立ちしていくという覚悟のあらわれが、この改名だったのではないでしょうか。

翌文明十九年（一四八七）春、兼載は心敬の十三回忌に、百韻連歌を張行します。そしてこの年、故郷会津では、小平潟天満宮の神主である神道明が村人とはかって、兼載の母加和里の碑を建てるのです。

母加和里の墓碑建立は、神道明と村人だけの意思だったのでしょうか。

墓碑建立の機運が醸成したのは、やはり兼載の連歌師としての出世と無関係ではないはずです。この年、兼載は宮中に「百句連歌」を進献するという栄誉に浴しています。都でのめざましい活躍は故郷にも響き渡ったのでしょう。

その兼載を産み、育てた母加和里の碑を、建てようとした小平潟天満宮禰宜神道明と村人たち。彼らに加え、むしろ彼ら以上に兼載の意思と財力が動いていたとしたら、この年だからと、考えられなくはないでしょう。

翌長享二年（一四八八）に兼載は、師心敬の学説を忠実に筆録した『心敬僧都庭訓』を著して、心敬を追慕します。

三十五歳（文明十八年）で「兼載」へと改名してから、三十七歳（長享二年）までの、わずか三年間を見渡しても、師心敬を尊重し、故郷の母の碑建立に関わるという、いわば人間として、連歌師としての原点に立ち帰っていく兼載の意思が、如実にあらわれているのではないでしょうか。

宗春から「兼載」への改名は、連歌師として独り立ちし、宗祇との径庭《けいてい》を意味するものでした。そこに不安は微塵もなく、兼載らしい強さが見えてきます。

## Ⅱ　宗匠交代

兼載が『心敬僧都庭訓』を著した長享二年（一四八八）、宗祇はこの年の三月北野連歌会所奉行（宗匠）に任命されましたが、十一月には既に辞任の意思を伝えていました。

翌年の延徳元年（一四八九）十二月には後任に明智頼連《あけちよりつら》を推して、再び辞意を北野社側に伝えたのです。（奥田勲著『宗祇』）

当時、北野天満宮の境内には連歌会所が設けられていました。「天神さま」は連歌の神でした。それ故、北野天満宮（北野社）の連歌会所で詠むことは、連歌師にとって大変名誉あることだったのです。

二十五歳の若さで北野社法楽千句という晴れの席にて、発句（主賓）を詠んだ兼載がいかに天才連歌師であったか頷けるでしょう。

北野連歌会所奉行に就くことは連歌の宗匠になることでした。それなのに宗祇はどうして北野連歌会所奉行（宗匠）という名誉ある地位を辞したのでしょうか。

これには二つの要因が考えられます。

一つは「北野連歌会所奉行」職というのが「奉行職」である以上、幕府を統括する将軍家へ奉仕しなければならず、将軍家の代作も重要な仕事だったことです。

室町幕府九代将軍足利義尚《よしひさ》は、銀閣寺を建てた足利義政《よしまさ》と日野富子《ひのとみこ》夫妻の子息でした。義尚は長享三年（七月に改元して延徳元年）三月に亡くなります。翌延徳二年（一四九〇）足利義政の弟義材《よしき》が十代将軍に就任するのですが、周囲の反対が根強く、やがて明応のクーデターになり、将軍家は混乱していくのです。

二つ目に、宗祇の和歌撰集への意欲です。

『古今《こきん》和歌集』をはじめとする勅撰《ちょくせん》和歌集は、天皇のご命令である「勅」のもとに紀貫之ら当時の優れた歌人たちが、秀歌を選んで編む、大変権威ある和歌集でした。

『古今和歌集』から『後撰和歌集《ごせん》』『拾遺《しゅうい》和歌集』を「三代集」、それらを含んだ『新古今《しんこきん》和歌集』までを「八代集」と言い、年代的には平安時代初期から鎌倉時代まで約三百年経過しています。

そしてその後、九番目の勅撰和歌集『新勅撰《しんちょくせん》和歌集』から二十一番目の『新続古今《しんしょくこきん》和歌集』までには、約二百年の歳月を経て編纂されました。

元中元年（一三八四）に成立した、二十番目の勅撰和歌集である『新後拾遺《しんごしゅうい》和歌集』から約五十五年後、永享十一年（一四三九）に二十一番目の『新続古今和歌集』が成立しました。それから半世紀、和歌撰集の機が熟した頃と宗祇は思っていたのです。

しかし宗祇が北野連歌会所奉行に任命された長享二年（一四八八）当時和歌は衰退し、代わりに連歌が詩歌を席巻していました。

宗祇が企画しようとした和歌撰集は、次第に連歌撰集へと移行して『新撰菟玖波集』編纂に繋がっていくのです。

宗祇は『竹林抄』という連歌句集を著しています。この『竹林抄』という名は、中国、魏から晋にかけての三世紀頃に俗世間を避けて竹林に隠棲し、清談した「竹林の七賢」（阮籍《げんせき》・嵆康《けいこう》・山濤《さんとう》・向秀《しょうしゅう》・劉伶《りゅうれい》・阮咸《げんかん》・王戎《おうじゅう》）になぞらえて付けられました。

鴨長明《かものちょうめい》の『方丈記《ほうじょうき》』や兼好《けんこう》法師の『徒然草《つれづれぐさ》』を愛読していた宗祇にとって、これら草庵文学や隠者への憧れを抱いていた可能性もあり、こうした意識が、北野連歌会所奉行（宗匠）という俗世の地位を遠ざけようとしたのかもしれません。

延徳元年（一四八九）十二月一日、宗祇が再び北野連歌会所奉行辞意を伝え、十二月三日には後任に明智頼連を推します。

これ以降の詳しいいきさつを奥田勲著『宗祇』と松梅院禅予《しょうばいいんぜんよ》による『北野社家日記』を典拠に説明しましょう。

その前に松梅院とは、北野天満宮の社僧を務めた天台宗寺院で、北野公文所や将軍家御師職を掌握して北野社の管理を担ったところです。この松梅院の禅予が『北野社家日記』を記していたのです。

十二月三日、宗祇は自らの辞退を北野天満宮内松梅院の禅予に伝え、幕府側に近い明智頼連を後任に推薦しました。

ところが、明智頼連が辞退したため、北野社側の禅予は、「当代きっての才能の持ち主という評判ゆえ」（『北野社家日記』）兼載をと、北野社家奉行松田長秀《まつだながひで》に急いで知らせ、十二月十四日に兼載を連歌会所奉行に決定してしまうのです。

奥田氏の『宗祇』にも「幕府の意を体した北野神社側は世に名高い連歌師をそこに据えたいと考えたのであろう。（明智）頼連を拒否し兼載を強引に就任させる」と記され、宗祇の後任には、宗祇に引けを取らない世評の連歌師として、北野社側が兼載を連歌会所奉行（宗匠）に決定したと、述べられています。

奥田氏の同著を続けると、「十二月十八日、兼載は三条西実隆《さんじょうにしさねたか》を訪問し、連歌会所奉行を仰せ付けられた『迷惑』を訴えている」と記され、兼載は「迷惑」という不快感を表しているのです。

この時、宗祇が六十九歳、兼載は三十八歳でした。

延徳元年（一四八九）十二月二十一日、禪予が宗祇の種玉庵（宗祇邸）を訪れます。

翌二十二日、宗祇は兼載と面談して、説得にあたり、これによってようやく北野連歌会所奉行（宗匠）が、兼載へと継承されたのでした。

「北野天神連歌十徳」は、宗匠である兼載の筆と伝えられています。

一者不行到仏位（一つは行わずして〈勤行しなくても〉仏位に到り）
二者不詣叶神慮（二つは、参詣しなくとも神慮に叶い）
三者不移亘四時（三つは、時を移さなくても四季を亘り）
四者不節遊花月（四つは、節制しなくても花鳥風月を楽しみ）
五者不行見名所（五つは、旅行しなくても名所旧跡を見て）
六者不老慕古今（六つは、老いなくても古今を慕い）
七者不恋思愛別（七つは、恋をしなくても愛や別れを思い）
八者不捨遁浮世（八つは、出家しなくても浮世を遁れ）
九者不親為知音（九つは、親しくなくても絆の深い親友となり）
十者不貴交高位（十は、身分が高くなくても高位と交流する）

この十徳は、貴賤や親疎が同座して、次々に流動し、停まることのない詩情を楽しむ「連歌」の、特殊な性格と様式から生まれた功徳を説いたものです。当時の人々が神聖なものとして崇めながら、人生に寄り添い、一方で実利的な面も抱いていた「連歌」の一端が見えてきます。

兼載の北野連歌会所奉行（宗匠）就任は、すったもんだの挙げ句に据えられた最高位と言っても過言ではありません。

しかし彼は明応九年（一五〇〇）四十九歳までの十年以上に渡って、その重要な任を果たしていくのです。

三十八歳という異例の若さが、その任務の煩わしさに耐え、フットワークも軽く、そのバイタリティー溢れる活躍を容易にさせたのかもしれません。

兼載が北野連歌会所奉行（宗匠）の頃が、連歌の最も盛り上がった時期でした。

# 六、西国への旅

連歌は、一座同心という敵味方を拒まない文芸的性格を持っていました。戦乱の世にあって、地方の豪族たちは情報収集のため、中央の情勢に明るい連歌師たちを殊に歓迎し、利用しようともしました。

応仁元年（一四六七）に始まった「応仁の乱」で、京都は焼け野原になり、多くの文化人が地方の豪族を頼って都から下ったのです。東国へ下ってきた心敬も宗祇も、それらの一人でした。

一方、日本の西国山口は、当時「西の京」と呼ばれるほど栄えていた文化都市でした。この都市を築いたのが大内政弘《おおうちまさひろ》です。

大内政弘は、「応仁の乱」で西軍の武将として名を上げ、京都在陣の頃から和歌や連歌に親しみ、帰国後も宗祇らを山口に招いて連歌の会をたびたび催しています。

かの画僧雪舟《せっしゅう》も大内政弘の庇護を受けて技術を磨き、我が国の水墨画を完成させているのです。博多商人と結び、中国明との貿易で莫大な富を築いた山口の大内氏、政弘はその財力を文化人の保護と育成に惜しげもなく費やしていきました。

文明十二年（一四八〇）還暦を迎えた宗祇は、弟子宗歓（後の宗長《そうちょう》）らとともに『筑紫道記《つくしのみちのき》』を著す旅に出て西国へ赴き、山口には三ヶ月ほど滞在しています。奥田勲著『宗祇』には、「約三ヶ月の山口滞在ののち、九州へ向けて出立する。その旅の準備も道中の保護も政弘の沙汰によって万全に行われたことが紀行の文面から分かる」とあり、宗祇の筑紫（現福岡県）行きを、政弘は全面的に協力しているのです。

宗祇にとって筑紫行きの目的の一つは、連歌の神「太宰府天満宮」を参拝することでした。延徳元年（一四八九）春再び、宗祇は山口を訪れます。この時既に北野連歌会所奉行（宗匠）だった宗祇は、前回（『筑紫道記』の旅）以上の厚遇を受けたに違いありません。滞在中に宗祇は、大内家に『伊勢物語』を講釈し、『伊勢物語山口抄』を著しています。

同年十二月十四日、兼載は北野社側によって北野連歌会所奉行（宗匠）に決定されるも迷惑を訴え、同二十二日宗祇の説得を受け入れて、漸く連歌界の最高位に就きました。

この宗祇の説得には、山口の大内家に関しての話題がのぼっていた可能性があります。具体的には宗祇が見聞してきた西の京山口の繁栄と大内氏の財力、文化人への理解と援助、その財力と政治力で以《もっ》て太宰府天満宮への参詣を果たし得たことなどが想定されます。

これに兼載は心を動かしたのでしょう。

現に、北野連歌会所奉行（宗匠）就任（延徳元年十二月末）の翌年、延徳二年（一四九〇）夏、兼載は西国へ出発しているのです。

延徳二年正月、宗匠に就いたばかりの兼載は、北野連歌会所で奉行として初の会所開きを行います。

兼載句集『園塵第二』春部に、

正月五日北野の会所にて会はじめ侍りしに
＊延徳二年正月五日北野連歌会所にて、会所開きを催した時に詠みました

の詞書で、

けふひらく梅は千年のかざしかな
＊連歌会所開きの今日、北野天満宮の境内には梅の花が開き始めました。かの天神、道真さまが愛した梅の花が正月のめでたい今日花開いて、古くから天神さまを祀った北野社にて、美しい梅の枝は、千年もの長い間、見事なかざし（挿頭）となりますよ

の句があります。

菅原道真《すがわらのみちざね》を祀った天神は「飛び梅伝説」を残すほど、「梅の花」と関わりが深いものでした。「けふひらく梅」とは、そのように「梅の花」とゆかりの深い天満宮の連歌会所で「ひらく梅」を「千年のかざし」に見立てたのです。

「かざし（挿頭）」は、髪や冠物に挿した花の枝のことで、ここでは「梅の枝がかざしになる」、そして「千年（千年もの長い間）」続くだろうというのです。

連歌の神である「天神」、その聖廟が祀られた北野天満宮の、長い歴史と伝統を踏まえた新年を飾るにふさわしい句と言えるでしょう。

さて延徳二年（一四九〇）夏、兼載は初めて山口の大内政弘を訪れます。宗祇の『筑紫道記』を意識したことも挙げられますが、北野連歌会所奉行として、天神の根元である太宰府天満宮詣でを願ったのも、理由の一つではないでしょうか。

山口を訪れた兼載を大内政弘は、宗祇の後を継いで北野連歌会所奉行となった、最高位の連歌師に破格のもてなしをし、その西国の旅を全面的にバックアップしました。

山口から博多をめぐり、太宰府天満宮を詣でた兼載は、山口へ戻り、大内政弘に『連歌延徳抄』を贈ります。『連歌延徳抄』は、師心敬の遺訓を書き記したもので、付合《つけあい》の様々なかたちを具体例に即して丁寧に説明した、実作の参考書でもありました。

翌延徳三年（一四九一）四十歳の春を、兼載は山口で迎えます。

金子金治郎著『連歌師兼載伝考』には、

（大内）政弘の命によって（源氏物語の伝本）青表紙（本）と河内本との相違を註しなどする。先輩宗祇が、延徳元年の再度山口下向に『伊勢物語山口抄』を述作した跡を学んで、兼載もまた古典講究の機会をもったのである。

と記載され、当時は貴重だった『源氏物語』などの古典に触れ、存分に研鑽を積むことができたのです。

この年の四月には慈全という人の希望により「兼載句艸《くそう》」を与えています。（金子金治郎著『連歌師兼載伝考』）

この『兼載句艸』の末には、

延徳元年之比《ころ》よりの愚句草也
慈全競望のよし承候間乍憚
書写をゆるし訖
三年孟夏日
兼載在判

＊延徳元年の頃よりのつまらない句草ですが、慈全が切望しましたので引き受け、恐れながら書写を許可して、それが終わりました。
延徳三年孟夏（旧四月）日兼載在判

とあり、ここ二、三年の句を中心に慈全に書写をゆるしています。『兼載句艸』には、詞書のついた句が五十三句あり、その中に、

安楽寺へ参りし時ある僧坊にて
＊安楽寺（太宰府天満宮）へ参拝しました時、ある僧坊（僧の家）で

の詞書で詠んだ、

よるや雨露もおほ野の朝日影
＊ある僧坊に身を寄せ、宿泊したら夜の雨も止み、広い野原に置かれた多くの露玉に、射し込む朝日がまばゆく光り輝いていましたよ

の句があり、太宰府天満宮を詣でた際のものであると思われます。

「天神」として祀られた菅原道真は、平安時代に右大臣となりますが、藤原時平《ときひら》らの陰謀により太宰府に左遷され、延喜三年（九〇三）失意のうちに亡くなりました。彼の亡骸は安楽寺に葬られましたが、その後京の都で、藤原一族や皇太子が相次いで亡くなり、「道真の祟り」と噂されました。

そこで醍醐《だいご》天皇の勅命により、太宰府へ下向した藤原仲平《なかひら》が、安楽寺廟、つまり安楽寺境内の道真の墓所の上に、社殿を造営したのです。これが「安楽寺天満宮」となり、室町時代には「天満宮安楽寺」とも呼ばれました。

奥田勲著『宗祇』には、「天満宮の神さびた壮麗さに比して、『安楽寺いたう廃して、かはら落ち軒破れて』の状態であったことが記述から分かるのも興味深い」とあり、宗祇の『筑紫道記』で、宗祇が太宰府天満宮を訪れた際に、天満宮の神々しい壮麗な社殿と比べ、ひどく廃れた安楽寺が記されています。

これは恐らく、菅原道真を天神として祀った人々の関心が天満宮へと傾き、境内に残る安楽寺への関心が薄れていったからではないでしょうか。

兼載は、太宰府天満宮境内の廃れた安楽寺を参拝して句を詠んだのです。たとえ廃れたお寺であっても、道真が葬られたこの場所を尊び、より神妙に兼載は詣でたのかもしれません。『兼載句艸』の詞書に見える安楽寺は、太宰府天満宮と考えて齟齬はないでしょう。

延徳二年、山口から博多をめぐり、太宰府天満宮を詣でた際の句だったと判断されます。

兼載が詠んだ「よるや雨露もおほ野の朝日影」は、夜が明けた雨上がりの広い野原に置く夥しい露のみずみずしさ、その露玉をきらかに輝かせる太陽の新鮮な光りと静寂に包まれた朝、神さまに祈りたくなるような神秘的な空気まで感じる句になっています。

延徳三年（一四九一）四月の『兼載句艸』後、翌五月に山口を発して、兼載は漸く帰京の途に就きます。西国での実り多い経験を得て、四十歳の兼載は、都の連歌師としてますます磨きをかけていくのです。

西国への旅は、連歌師である宗祇や兼載にとって、太宰府天満宮への参拝が主な目的の一つだったと思います。それを強力に後援したのが、山口の大内政弘でした。

彼が惜しげもなく財力と政治力を注いで文化を奨励したことが、後世に与えた意義は、計り知れません。

この後の『新撰菟玖波集』という大事業も、大内政弘の後援によって成立したのです。

# 七、古今伝授

## Ⅰ 宮廷へ

延徳四年（一四九二）には、京都の七条道場金光寺で正月と三月の二度連歌会が行われました。奥田勲著『宗祇』を典拠に、まず正月の百韻の一順を紹介しましょう。

霞さへむめさく山のにほひかな……宗祇
春一しほの雪のあけぼの…………上（主催者遊行《ゆぎょう》上人《しょうにん》他阿《たあ》）
雁かへるひがたの月は長閑にて……兼載
船さそひ行く末の白波……………基阿（時宗関係作者）
都いでてけふは幾日になりぬらん…基佐

この金光寺の連歌会は、主催者である遊行上人他阿が宗祇を招いたもので、主賓の宗祇が発句を詠んでいます。次の脇句が招いた主人他阿上人、三句は兼載です。
主賓（発句）と脇句（主催者）の後は、作者の格の高さに応じて順序が決まってゆくのが通例でした。
そして三月に行われた二度目の連歌会では、一順の冒頭が次のようになります。

花ぞ散かゝらむとての色香かな……兼載
めでしもしらぬ春のほどなさ………上（主催者遊行上人他阿）

かすむ野は尾上の鐘に暮はて、……宗祇
またれてとをきあり明の月………基佐

ここで、兼載は発句を詠み、前回の宗祇と立場が逆転しています。

この発句は『新撰菟玖波集』にも入集されたもので、『兼載雑談』（後に兼載が連歌や連歌師、歌人について気軽に語ったのを後継者兼純が筆録した連歌書）には「この発句、新撰菟玖波集に、第一の発句なりと勅定ありしとなり（この発句は『新撰菟玖波集』で一番の発句であると天皇が仰せられたと聞いています）」と記され、まさに会心の作だったのです。

それでは主賓として発句を詠み、後に『新撰菟玖波集』第一の発句と天皇に勅定された「花ぞ散（る）か〻らむとての色香かな」の句に着目しましょう。

花ぞ散（る）か〻らむとての色香かな

＊桜の花が散っています
花の色や香りは、まさにこのような美しく散る折りに見せるためのものだったのです

上の句「花ぞ散る」で花が散っています、と言い切ります。すると桜の花が音もなく見事に散り広がる光景が浮かびます。

初めは枝の高みで蕾となり、次第に花開き、やがて満開を迎える桜の花。その美しい色や香りは、散り際にこそ味わうことができると言うのです。

満開の桜が咲き誇る花の極みを超えて、音もなく散る夥しい花びらの舞い。それは空間を彩り、

桜の色と香りを人々に運んで、着地した草緑の色を変え、水面には花筏をつくっていきます。桜樹だけでなく、木を取り巻く世界すべてが花びらに満ちて、桜の色香が優雅に漂い広がる風景まで、兼載は詠おうとしていたのではないでしょうか。

延徳四年（一四九二）は七月、改元して明応元年となります。四十一歳の兼載は、夏頃から阿波（現徳島県）に滞在し、仲秋の八月には阿波の前守護、慈雲院細川成之《しげゆき》に『薄花桜』を贈ります。慈雲院細川成之は阿波国の守護の他に、将軍の側《そば》近くに仕える幕府の相伴衆《しょうばんしゅう》も務めた人物です。

兼載句集『園塵第二』秋部には、

慈雲院にて八月十五夜

の詞書で、

おしまれし月は今夜の光かな

＊細川様が別れを惜しまれた今夜は、仲秋の名月だったのですね。深く愛されてきた仲秋の名月は、こんなにも美しい光を放っています

と、発句を詠んでいます。

陰暦の八月十五日の月は、仲秋の名月で、一年で最も美しい月夜です。

今夜の名月の光は、別れを惜しむ二人を、いつまでも照らしていたことでしょう。兼載と慈雲院細川成之との親しい交流と絆の一端が、この句からも見えてくるのではないでしょうか。

この年（明応元年・一四九二）十一月、公家の三条西実隆邸で源氏物語論談が行われ、兼載も参会します。宗祇やその高弟肖柏《しょうはく》、宗長も加わり、互いに問題を持ち合って意見を述べ合ったのです。

この頃『源氏物語』は限られた文化人の許にしかない貴重なものでした。

兼載が宗祇から初めて『源氏物語』の講釈を受けたのは二十四歳の時でした。晩年、兼載の『源氏物語三ヶ大事』を聞き書きした顕天は、奥書に「三ヶ大事」の口伝を、木戸孝範から受けたと書き記しています。（金子金治郎著『連歌師兼載伝考』）

兼載は、木戸孝範からも『源氏物語』を口伝されていたのです。

「四、『難波田千句』」で述べたように、三十代の頃関東に住んだ兼載は、木戸孝範と軒を並べていました。冷泉派の歌人でもあった木戸孝範と交流したこの時期に、兼載は『源氏物語三ヶ大事』の口伝を受けていた可能性があります。

延徳二年（一四九〇）の山口下向時にも、大内氏の許で、『源氏物語』の伝本である青表紙本と河内本との相違を註していました。（「六、西国への旅」）

これらのことから、明応元年十一月、実隆邸で行われた源氏物語論談に、兼載は『源氏物語』に対して彼なりの矜持を持って臨んだと思われます。

当時は源氏物語の受容者が少なかったことを考えれば、彼らが選ばれた古典研究者であったとも言えるでしょう。

同年十二月、「連歌本式」を、兼載は制定します。

「連歌本式」とは連歌に関する法則を記したもので、全部で十三項から成ります。

「（北野連歌）会所奉行・宗匠という地位がそれをさせた」と金子金治郎氏がその著『連歌師兼載伝考』で述べていますが、宗匠という連歌界の最高位に就いて、不惑の年を過ぎ、その座に根を下ろし始めた、揺るぎない意思のあらわれとも受け取れます。

明応二年（一四九三）三月には、近衛《このえ》政家《まさいえ》邸の月次和漢会に、宗祇らと参会します。世に知られた摂関（藤原氏の近衛）の家に、兼載は初めて迎えられたのです。

金子金治郎著『連歌師兼載伝考』を続けると、

> 近衛家との接触を背景として、その（明応二年）四月、当時東宮（皇太子）の後柏原帝の御連歌に**加点**申し上げている。かつてはその作品を禁裏（宮中）へ献上するだけの兼載も、今では**加点**するまでに到り、連歌を通じて宮廷内に影響力を持つようになった。その点では宗祇がもっとも著しかったが、兼載もようやくそうした側面を見せるようになったのである。

と記されています。

ここでの「**加点**」とは、連歌の審判のことで、判定人（点者）が評点して優劣を判定するのです。その際「点領」という報酬を受けます。

金子氏の指摘のように、宮廷での加点により、兼載も連歌を通して宮廷内に影響力を持つようになりました。

押しも押されもせぬ連歌師として、品格を高め、財力も付けていったのです。

## Ⅱ　古今伝授

明応三年（一四九四）二月、四十三歳の兼載は『聖廟千句』を独吟します。「聖廟」とは菅原道真を祀った廟、北野天満宮を指し、その聖なる所で千句を独りで詠み、連歌の神である天神に手向けたのです。

巻頭の発句は、

梅が香にそれもあやなし朝霞

＊春の夜の暗闇が梅の花を隠しても香りは隠れようもないのだから、朝霞が同じように隠してもその甲斐なく、香りつづけるでしょう

です。

この句は二月という季節と、天神の神木である「梅」を題材にして、『古今和歌集』の選者の一人である凡河内躬恒《おおしこうちのみつね》が詠んだ、

春の夜の闇はあやなし梅の花色こそ見えね香やは隠るる

＊春の夜の闇はわけが分からないことをしますよ。梅の花の色は見えないけれど、香りは隠れるでしょうか、いや隠れはしません

という和歌を本歌としています。

北野天満宮という聖廟で、その御神木である「梅」を兼載は発句に詠みました。その隠れよう

もない「梅」の香りは、天神の威光の象徴として捉えてもいいのではないでしょうか。

菅原道真を祀った北野天満宮で、名歌を本歌として、連歌の神「天神」を褒め尊ぶ発句で始まる兼載独吟『聖廟千句』は、生涯の代表作となったのです。

この年（明応三年）の三月、兼載は、二条家の尭孝《ぎょうこう》を受け継ぐ尭恵《ぎょうえ》から「古今伝授」を受けます。

「古今伝授」は、平安時代の勅撰和歌集『古今和歌集』の中の難解な歌や語句についての解釈を、師から弟子へ秘伝として授けるものでした。

二条家は、『新古今和歌集』選者の一人で、「小倉百人一首」を選んだとされる藤原定家の孫が、二条為氏《ためうじ》（二条派）・京極為教《ためのり》（京極派）・冷泉為相《ためすけ》（冷泉派）の三派に分かれたうちの一つです。

〔※表1〕

二条為氏の子である二条為世《ためよ》には、頓阿《とんあ》・兼好《けんこう》・浄弁《じょうべん》・慶雲《けいうん》の優れた門弟がおり、「和歌四天王」と呼ばれました。随筆『徒然草』を著した兼好法師も、その一人だったのです。〔◎表2〕

宗祇は、文明五年（一四七三）に、美濃国郡上《ぐじょう》で東常縁《とうのつねより》より「古今伝授」を受けています。

奥田勲著『宗祇』には「木戸孝範に常縁が面談して冷泉家の道の立て様について聞いた」とあり、東常縁が木戸孝範に歌道について直接聞きに行ったという興味深い記載があります。

「古今伝授」の系統は、「和歌四天王」（前述）の一人である、**頓阿**の流れをくむもので、**尭孝の直伝を受け継ぐことを誇る**「**尭恵流**」と、**尭孝から受けた東常縁が宗祇に授けた**「**宗祇流**」に二分されます。〔◇表3〕

「**尭恵流**」は天台教説を背景とし、卜部《うらべ》神道を背景とする「宗祇流」とは思想的関係に於いても対立していました。

すなわち明応三年（一四九四）、兼載が堯恵から「古今伝授」を受けたということは、「**堯恵流**」を受け継いだことになり、天台宗を背景とした師心敬（比叡山横川で修行）と直結するもので、同時にそれは兼載が宗祇と対立する関係にもなるのです。

㊟　↓子　・・・門弟　＝伝授

※表1　**藤原定家**↓為家
- ↓**二条為氏**◎（**二条派**）
- ↓京極為教（京極派）
- ↓冷泉為相（冷泉派）

◎表2　**二条為氏**◎（**二条派**）↓二条為世・・・**頓阿**△
- ・・兼好（徒然草）
- ・・浄弁
- ・・慶雲

＜和歌四天王＞

◇表3　古今伝授＝**頓阿**△
- 堯孝直伝＝**堯恵**＝**兼載**（**堯恵流**）
- 堯孝＝東常縁＝宗祇（宗祇流）

四十三歳の兼載は、表3にも示されたように堯恵から「古今伝授」を受けました。二条家の歌学を誇るそれは、都で厳かに格式高く行われたはずです。秘伝ゆえに授かる意義も大きなものでした。

奥田勲著『宗祇』には、「二条派の正統を伝える点では、常光院流が主流であり、宗祇が為家、素暹《そせん》から連なる常縁《つねより》を揚言してもおそらく京洛ではさほど問題にされなかったであろう」とあり、二条派の正統は常光院堯孝流が主で、美濃国郡上の領主であった素暹（東胤行《とうのたねゆき》）に関わる東常縁から「古今伝授」を受けたと宗祇が声を大にして言ったとしても、都ではそれほど問題にされなかっただろう、と指摘されています。

兼載が授かったのは、堯孝の直伝を誇る堯恵からの「古今伝授」で、まさに主流の常光院流だったのです。

地方（美濃＝現岐阜県）で行われた宗祇の「古今伝授」は宗祇流として受け継がれていきました。

それに対し、都で行われた兼載の「古今伝授」は、当時主流の堯恵流だったのです。

北野連歌会所奉行（宗匠）として連歌界の最高位に就き、宮中への影響力も高まっていった兼載。「古今伝授」は、さらに彼を歌詠みの高みへと押し上げていくのでした。

## 八、宗祇との対立

室町時代の連歌が最も盛り上がったのは、猪苗代兼載が宗匠に就いていた頃でした。その最盛期に編まれた、優れた連歌集が『新撰菟玖波集』です。

また、和歌の権威ある勅撰和歌集二十一代集の後、宗祇が意図していた和歌撰集の流れが、連歌選集へと移っていった経緯は前述した通りです。

この『新撰菟玖波集』の企画は全国的に注目を集め、それだけに反響も大きいものでした。天皇から幕府、公家、地方の豪族や武士、そして連歌師から僧侶へと幅広い作者の層で、都は言うまでもなく、近畿、北陸、関東、東北から西国、四国、九州という日本の広範囲にわたって詠草（句の原稿）を集めた、まさに一大事業だったのです。

それ故、連歌撰集の編集は大変な労力を要するものであり、同時に大変光栄な作業でもあったと言えるでしょう。

奥田勲氏他編『新撰菟玖波集全釈』には、「公家方において三条西実隆が指南、連絡の役に当たり、（中略）編集の実務は宗祇の種玉庵を主な場として、宗祇・兼載が中心となり、肖柏・宗長らが協力して進められた」と、編者の中心が宗祇と兼載であったことが記されています。

明応四年（一四九五）四月十五日から、編者による資料収集が行われました。

編者による資料収集と併行して行われたであろう個人の入集希望の詳細は不明であるが、

多くの人々からの詠草（句の原稿）の提出が相次ぎ、五月十四日にはその申し込みが打ち切られた。（前著掲載）

この記述から、句の原稿が殺到して、ひと月も満たないうちに申し込みを打ち切ったことがわかり、入集を切望する人々の熱気まで伝わってきます。

編者の中心だった宗祇と兼載が、どれほど煩雑な作業と句の選定に繁忙を極めたかは、想像に難くありません。

明応四年五月十八日、編集の中心である二人の間に緊張が走ります。発句の編集をめぐって、宗祇と兼載の意見が対立したのです。

翌十九日宗祇と肖柏から報告を受けた三条西実隆は、「言語道断である。詳しいことは記すこともできない」と『実隆公記』に書いています。

それでも詳らかに日記に記すことを日々怠らなかった実隆は、宗祇と兼載の対立の顛末を書き残しているのです。

詳細が、奥田勲著『連歌師・その行動と文学』に記されています。

慈雲院細川成之から入集資料として句草を預かり、兼載は阿波から京へ戻って来た。発句一句を含む十五句を入集させるべきだと兼載は主張して来たが、宗祇からその発句は採るべきでないと注文が出たのである。問題の発句は、

瀧の音は氷らぬ松の嵐かな

ではないかと考えられているが、これは「瀧の音がするが、それは松に吹く嵐の音であって、

まるで瀧水が氷らずに流れているように聞こえてくる」という句意である。宗祇は恐らくこの句が意を尽くしていない未熟な句と読んだからであろう。兼載はその評を不満とし、慈雲院細川成之の句十五句すべてを切り出して持ち帰り、選者としても退く意思表示をした。その際古今の相伝を受けたばかりとは言え、慈雲院細川成之が「堯恵流」の同門であることが、兼載を強硬にさせたとも考えられる。困惑した宗祇・肖柏は実隆に早速仲裁を求めた。その時実隆は「言語道断のこと、詳しく記すこともできないほどだ」と立腹している。実隆は、早速手紙を遣わして兼載を責め、次の日早朝もまた手紙を書き、重ね重ね理を説いて兼載に反省を求めた。その結果、兼載は切り出した短冊十五枚を実隆に届け、実隆から肖柏を通じて宗祇のもとへ返すことで解決を見たのである。

この記載からいくつかの重要な点が見えてきます。兼載は『新撰菟玖波集』編集の前に阿波へ下向し、慈雲院細川成之を訪れ、句草（句の原稿）を預かって帰京していたのです。また慈雲院細川成之の古今伝授が、兼載と同じ「堯恵流」だったということです。

奥田氏の指摘の通り、これらのことは、実力行使に踏み切ってまで成之の句の価値を守ろうとした動機の一つかもしれません。

三条西実隆は「言語道断」と立腹しながらも、誠実に粘り強く説得に当たり、仲裁役を立派に果たしました。しかし実隆が克明にその日記『実隆公記』に記したことで、後の世まで、兼載の行動は暴挙と捉えられてしまったのです。

もちろん規律を乱し、周囲に多大な迷惑をかけてしまったことは否めません。けれども客観的に見てみると、この騒動は、あくまで三条西実隆側からの記述だけに基づいて、伝えられたということです。

兼載の主張や兼載を擁護する側からの記録が残っていない以上、片方からだけのこととして伝えられてしまい、公平を欠くのではないでしょうか。恐らく兼載にも言い分はあっただろうし、彼の肩を持つ人も皆無ではなかったはずです。

兼載が宗祇と対立したのは、慈雲院細川成之の発句だけでなく、その他諸々の要因が蓄積されて積もりに積もった不満が、ここで一気に爆発したという想像もできるでしょう。

その後、『新撰菟玖波集』編集に於いて「句数の偏り」の世評が高まっていきます。兼載はそれに応えるべく、自らの句をすべて取り除こうとしました。

その時宗祇は「兼載と私たちの句が入らなかったら、この集は面白くあるまい」と、慰めたというエピソードが『兼載雑談』に書かれています。

常に大局を見据えて、粘り強く編集に当たろうとしていた宗祇に比べると、三十程も年齢が離れていた兼載は、その若さ故にじっとしていられなかったのでしょう。

まるで相反する性格のように見える宗祇と兼載。彼らは、お互いをよく知っている旧知の仲だからこそ、正面からぶつかり合えたのだと思います。この時、兼載四十四歳、宗祇は七十五歳でした。

宗祇と兼載の確執や世上の批判に加え、七月には火災に見舞われる不幸にも遭い、編集作業は困難な日々が続いていきます。

明応四年（一四九五）九月に、漸く完成を見た『新撰菟玖波集』は、天皇に奏覧、同二十九日勅撰に準ぜられました。

入集作者は二五五人、主な作者の句数は、心敬一二四句、宗砌《そうぜい》一二二句、専順一一一句、後土御門天皇一〇八句、大内政弘七五句、宗祇六二句、兼載五三句、宗長三九句、肖柏三三句、実隆三一句です。

『新撰菟玖波集』は、「幽玄・有心」を美的風体にした『新古今和歌集』の表現を継いだ有心連歌としての価値があります。これは宗祇が理想とするものでした。

奥田勲氏他編『新撰菟玖波集全釈』には、「宗祇の採った編集方針によって、中世詩として連歌が到達した最高の境地を示すことが可能となり、優れた連歌のアンソロジーとして永く尊重されることになったのであろう」と、室町時代に於ける最も優れた連歌撰集であろうと評されています。

『新撰菟玖波集』編集の中軸として、宗祇の果たした役割はやはり大きかったと言えます。その宗祇を、最も刺激することができた人物こそ兼載だったのではないでしょうか。

宗祇と兼載の対立は、一大事業とされたこの連歌撰集に、宗匠に就いたプライドをかけて取り組んだ、両連歌師の熱意のあらわれでもあったのです。

# 九、政弘危篤

## Ⅰ 『あしたの雲』

『新撰菟玖波集』の完成を待たずに、明応四年（一四九五）八月、兼載は山口へ下向しました。大内政弘危篤のしらせを受けて、その病床を見舞ったのです。強力な支援者であった政弘に『新撰菟玖波集』のことを報告するのが、動機の一つでした。兼載到着後も、政弘の病は重くなり、九月に亡くなってしまいます。その緊迫の様を記し、独吟百韻を賦して追悼の意を著したのが、『あしたの雲』でした。政弘臨終の様が次のように描かれています。

日々に重りつつ、おほかたよはりゆくさまに侍しかば、人々驚きつつ大法秘法を尽くし、医験のかぎりをもとめいとなみ侍れども、耆婆が療、清明が術もかなはずや有けん、長月の中の八日の夜、つゐにむなしくみなし侍りぬ。

※典拠　『群書類従巻第五百二十一』雑部七十六「あしたの雲」

＊通釈

病状が日々重く、衰弱していきましたので、人々は驚いて大法秘法の祈祷を尽くし、できる限りの医療を施しましたが、天竺（インド）の耆婆《ぎば》の治療や安倍晴明（陰陽師）の治療も適わなかったのでしょうか、九月十八日の夜、とうとう亡くなってしまわれました。

当時の医術の限りを尽くして政弘の治療に当たったにもかかわらず、その命を救えなかった無念さが伝わってきます。

翌明応五年（一四九六）春、半年ほど滞在した山口を離れ、兼載は都へ帰ります。兼載句集『園塵第三』発句には、「周防国（現山口県）より春京へのぼるとて」の詞書で、

はなに行くこゝろやあとにかへる雁

＊秋に渡来し、春北へ帰る雁のように、昨年秋にこの山口へ来て、これから帰京する私ですが、春の花が咲く頃に、私は心を後にしていくのです

とあり、この時の句と思われます。

連歌をはじめとする文化活動を援助し、支えてくれた在りし日の政弘を思い浮かべて、その死を悼み、思い出に浸りながら静かに過ごした山口での日々。寄り添ってくれた人々に、別れを惜しんで、兼載は都へ帰っていくのです。

帰京後、兼載が出座した連歌の百韻が四巻伝わっています。

山口　大内政弘墓

一巻目―六月七日「何人百韻」にて、第三句（発句は宗祇）
二巻目―八月五日「何路百韻」にて、第三句（発句は宗祇）
三巻目―八月十五日「山何百韻」では、主賓としての発句
四巻目―八月二十二日「独吟何人百韻」
をそれぞれ詠んでいます。
四巻目の、八月二十二日に詠んだ「独吟何人百韻」の発句は、

雲はれて雁がねなびく外山かな
＊雲が晴れた青空に、雁が風になびいて斜めに列を成しながら、近くの山へ飛んでゆくのが見えます

と、天候が回復し、秋空が広がる長閑な山里の風景を味わうことができます。
この句は、兼載句集『園塵第三』発句に、「独吟に」の詞書で、

空はれて雁がねなびく外山かな

と、「独吟何人百韻」の「雲はれて」が「空はれて」に、収められています。

このことについて、金子金治郎氏はその著『連歌師兼載伝考』で、「雲に雁の縁語からいっても、当然『雲はれて』とあるべきところである」と述べ、『園塵第三』の発句「空はれて」が誤りで

ある可能性を示唆しました。

また、この発句を記した軸も複数現存しており、兼載自身の筆によるものかは検討中ですが、そのいずれも「雲はれて」の発句となっており、金子氏の主張の通りだと考えられます。

因みに「何人百韻」の「何」は賦物《ふしもの》と言い、「何」の部分に文字を組み合わせて熟語を作ることを指示します。例えば、この発句「雲はれて雁がねなびく外山かな」では、「外山かな」の「山」を「何」の部分に入れて「山人（きこり、炭焼きなど、山で暮らす人）」という熟語ができる、というわけです。

## Ⅱ 『若草山』

越えて明応六年（一四九七）、後土御門天皇の御製連歌に、加点（審判）するようにとの命が下されます。兼載四十六歳の春でした。

さらに、連歌一般のことについて問答形式で説いた兼載の『若草山』は、後土御門天皇が書見される（兼載の著をご覧になられる）という栄誉に浴します。

二条良基《よしもと》が著した『筑波問答《つくばもんどう》』（応安五年〈一三七二〉頃成立）は、貴い或る方の屋敷を訪れた老人が、主人の問いに答えて、連歌について説く連歌論でした。

兼載の『若草山』も、奈良の某《なにがしの》院の或る童の質問に応じて連歌を説いたもので、『筑波問答』に近い体裁をとっています。

また、『筑波問答』の奥書には、

此一冊就書寫雖有不審、依古筆強而不能直付之
于時明應五年二月廿五日　　　兼載　判

＊通釈
此の一冊を書写するについて疑問の点はありますが、古い筆跡の写本なので無理に直して書くことはできませんでした。

時は明應五年（一四九六）二月二十五日　　兼載　判

※典拠　日本古典文学大系六六『連歌論俳論集』「筑波問答」（岩波書店）

と、兼載が『筑波問答』を書写していたことを記しています。これらのことから『若草山』は『筑波問答』を範としたのではないでしょうか。

『新撰菟玖波集』を清書する書家としても知られ、後土御門天皇の歌壇の中心的存在だった姉小路基綱《こうじもとつな》が記した『若草山』の跋文は、明応六年春の末頃として、次のような内容が綴られていました。

原文を意訳すると、次のようになります。

兼載が卑下して見せなかったのを、（私）基綱が強いてこれを得、天皇がご覧あそばれますよう奉ったものである。天皇より書写の御下命があって、基綱の子中将済継《なりつぐ》が書き写し、進献している。心によく染みるところがあり、今深く究めている者にも、将来のある初心者にも、適した名著である。

※典拠　『群書類従巻第三百六』連歌部四「若草山」

この跋文から、姉小路基綱が、謙遜して見せなかった兼載から強引に手に入れて読んだ『若草山』は素晴らしいと評し、彼によって天皇の叡覧に供えられるのです。

そして後土御門天皇も、参議姉小路基綱が推薦した兼載著『若草山』の価値を認めて、基綱の子息に書写を命じたという経緯も知ることができました。

明応二年（一四九三）東宮（皇太子）後柏原帝の御連歌に加点申し上げ、以来兼載が宮廷内にも影響力を持つようになったことは前に述べた通りです。四年を経た明応六年、宗匠兼載は、宮廷の天皇御製連歌に加点申し上げ、さらに自らが著した『若草山』が天皇に書見されたのです。

いきさつを振り返ってみると、いかに宮廷内に影響力を持つようになったとはいえ、天皇の書見など畏れ多いことだと兼載は考えたからこそ、基綱に請われても見せなかったのではないでしょうか。

それでも強引に手に入れてまでして、姉小路基綱は、兼載の著わしたものを見たかった。案の定、『若草山』は名著に値し、後土御門天皇にも是非推薦すべしと判断されました。

これは当時、姉小路基綱をはじめとする宮廷内の歌壇や文化人に、兼載の優れた才能と見識が認められていたことを意味しています。

天皇の御目に留まり、高く評価された『若草山』は、兼載の代表的な連歌書となったのです。

# 十、八槻文書

## Ⅰ　修験と兼載

山岳信仰に仏教が習合して形成された修験道《しゅげんどう》は、本山派修験（天台系山伏）と当山派修験（真言系山伏）の二つの宗派に分かれました。

本山派修験（天台系山伏）は聖護院《しょうごいん》を本所として熊野三山を修行の場とします。

兼載が生まれたとされる小平潟も修験に関係していました。猪苗代本山派（天台系山伏）の修験道場となっていた成就院蔵の古文書断簡には、配下の修験者に送った回文の宛名に、「（小平潟）界蔵坊、（同所）同創円坊」が見えると、金子金治郎氏の『連歌師兼載伝考』に記されています。

また、六歳で兼載が入ったとされる自在院は、真言宗の寺院です。

当山派（真言系）と本山派（天台系）の違いはありますが、超教団的な修験の立場に立ってみると、連歌師としての地位を確立する以前の兼載には、多分に修験的色彩の濃厚な生活があったのではないかと、金子金治郎氏は前著で述べています。

文明二年（一四七〇）に、心敬を会津に案内した興俊は、若き兼載自身だったのですが、この興俊は金剛寺の僧とされていました。

金剛寺は会津真言四ヶ寺の一院で、自在院とも繋がりがあったお寺です。上野白浜子氏の『兼載雑感』には「金剛寺過去帳によれば、開祖は法印長宥、京都醍醐寺門跡無量寺院の俊聴の下向によって開かれた修験寺であった」と記され、上野氏はさらに兼載について次のように述べています。

『自在院縁起』の中に、「童稚而就当寺披剃未受具戒（童稚にして当寺に就き披剃す。未だ具戒を受けず）＊幼くしてこの寺に赴き頭髪をそり落として僧侶になる。まだ具戒は受けていない」とある。当時僧侶は妻帯しないとの伝説があって真言宗は殊に厳しかった。兼載は後に連歌師となって妻帯したのであるが、宗門から言えば純然な僧侶とは言えないことで、兼載はこれを二筋の道と悩んでいた。兼載は幼い頃自在院で成長している。（中略）『自在院縁起』のように具戒を授けられていなかったとすれば、それは修験者の待遇であったと考えられるのである。

これらのことから、修験者もしくはその性格の濃い生活を若き日の兼載が送っていた可能性は大きいでしょう。

出生地の小平潟も、六歳で預けられた自在院も、それに繋がる金剛寺も修験という道で結ばれています。

兼載のその後の人生を見ても、聖護院院室の十住心院《じゅうじゅうしんいん》に住持した心敬を師と仰ぎ、古今伝授に於いても天台教説を背景とした堯恵流を受け継いだ連歌師としての足跡には、修験の背景がくっきりと見えてくるのではないでしょうか。

## Ⅱ　八槻文書

さて、福島県棚倉町に八槻都々古別神社《やつきつつこわけじんじゃ》があります。農耕神として崇められてきた奥州一宮の旧国幣中社であり、平安時代の「延喜式」にも記載されている大変由緒ある神社です。

中世以降は修験道場として発展し、神主は「八槻別当」と呼ばれました。

『白河市史』（通史編）には「八槻社の別当は、京都聖護院配下の修験でもあった。高野郡・白河庄その他白川氏の勢力範囲を霞（宗教的に支配する地域）とし、侍・地下人の熊野参詣の先達（案内）を勤めた」とあり、本山派修験（天台山伏）と直結していたことがわかります。

さらに『白河市史』第五巻（資料編）には、康正二年（一四五六）四月四日、細川勝元による白河修理大夫直朝《なおとも》宛の書状の終わりに、

巨細者少納言（八槻）山臥可被申候……

◎読み下し

巨細は少納言（八槻）山伏に申されべく候……

＊通釈

事の詳細は少納言（八槻）山伏に申されるがよろしいです

と記され、八槻山伏が白河氏の使者を務めていたことを示しているのです。

白河氏である結城直朝の子政朝《まさとも》の時代には、修験八槻別当との密接な関係が成立していきます。

前述の『白河市史』（通史編）に、「八槻別当は白川氏とその一族・家風（被官）を檀那として

熊野（和歌山県那智大社）や二所権現（伊豆・箱根）に引導し、高野郡ばかりでなく白川氏領全域を霞（宗教的に支配する地域）に組み込んでいた」と記され、京都への上洛や熊野詣での際に白河氏が八槻別当を頼りにしていたことが察せられます。代々宮司を務めた八槻家は、「八槻文書」という白河結城氏らの発給文書を所蔵していました。

八槻都都古別神社

　これについて、綿抜豊昭氏は富山女子短期大学国文学会の『秋桜』に「猪苗代兼載と越中」という論文を載せており、その中で、久保尚文氏の『越中中世史の研究　室町・戦国時代』から越中関係の「八槻文書」を次のように紹介しています。

　　この五通の文書は、いずれも福島県白河地方の八槻氏を先達職とする東北熊野修験者が、その檀那を引率して紀州熊野に参詣する路次（道中）において、一行に対して保護を加え、便宜をはかるように、土地の領主が指令し、また依頼している過所札（関所手形）的性格のものである。

　綿抜氏が紹介した「八槻文書」は、先ほどの『白河市史』第五巻（資料編）にも収められており、そこから次の三通（①から③）について考察を加えたいと思います。

① 小間胤守過所

従奥州、参宮人卅人・馬拾疋、此内進上馬貳疋、荷物有之、上下無其煩、可有御勘過旨、可申之由候、仍状如件、

◎読み下し

奥州より宮へ参る人三十人、馬十疋《ひき》、この内進上する馬二疋、荷物之に有り、上下其れ煩ふこと無く御勘過有るべき旨、之を申すべき由に候、仍って状件の如し

＊通釈

奥州から熊野宮へ参拝する人三十人、馬が十頭、この内進呈する馬は二頭、荷物もこれにのせて有ります。身分の上の者も下の者も、煩うことなく過所札を調べてお通し下さいますよう、この書状にて申し上げたく存じます。

八月十六日　小間籐左衛門尉胤守（花押）

水橋／岩瀬御奉行所

この文書は、小間氏が発給した過所（通行手形）で、水橋と岩瀬（いずれも現富山県富山市）御奉行所宛ということから、奥州から熊野へ参詣するルートが北陸経由であったことがわかります。そして、その過所を携行して一行を案内し、引導したのが八槻別当であったろうことは、「八槻文書」が示している以上、想像に難くないでしょう。

②

**鞍河誠広**書状

公方様江、奥州自白河弾正少弼殿御馬被進上申候、次之者方へも馬を被上候、彼使節只今下向候、當渡事無其煩、可被仰付候由、被申候、毎度如此申状、雖其憚多候、能々心得候て、可申旨候、恐々謹言

◎読み下し

公方様へ、奥州白河弾正少弼殿より御馬進上され申し候、次の者の方へも馬を上げられ候、彼の使節只今下向候、渡事に當たり其の煩ひ無く仰せ付けらるべく候由、申され候、毎度此のごとく申す状、其の憚り多く候と雖も、能く能く心得候て、申すべき旨に候、恐々謹言

＊通釈

公方（足利義材）様へ奥州白河弾正少弼（白河結城政朝）殿より御馬が進呈申し上げなされました。次の位の方へも馬が進呈されました。彼ら白河の使節団が只今から下向します。関所を通るに当たって彼らが煩うことのなきようにと仰せ付けられたと、申されました。毎度このように申します書状で大変恐縮に存じますが、よくよく心得ていただきますよう申し上げる次第です。恐々謹言

八月廿三日　鞍河新兵衛尉誠廣（花押）

岩瀬／水橋御役所

②の、鞍河誠広書状は、『白河市史』第五巻（資料編）では「駒河誠広」とあり、ここでは綿

抜氏の論文引用に従いました。

「公方様」とは足利義材、「奥州白河弾正少弼」は白河結城政朝のことであると、前述の久保尚文氏は指摘しています。

白河の馬が当時珍重されていたことは、『白河市史』第五巻（資料編）の細川勝元による白河修理大夫直朝宛書状の一節、

自公方様為召料、御馬御所望候、乗走可然御馬、早々御進上候者、目出候……

◎読み下し

公方様より召料のため御馬ご所望に候、乗走しかるべき御馬、早々ご進上候らへば目出候、……

＊通釈

将軍足利義政様がご使用する御馬を望んでおります。乗っても走ってもよい馬を、早々に進上されるのがよろしいでしょう。

によってもわかります。

③ **神保慶良**書状

態以折紙申候、仍奥州下向之人弐百人・馬六疋・荷物三十荷、其方無煩被仰付、可有御通候、遠国之人之儀候間、能々御証可然存候、恐々謹言

◎読み下し
態と折紙を以て申し候、奥州下向の人二百人、馬六疋、荷物三十荷に仍って其の方煩ひ無きよう仰せつけられ、御通し有るべく候。遠国の人の儀候間、能く能く御証然るべく存じ候。恐々謹言

＊通釈
特別に折紙を以て申し上げます。奥州へ下向する人二百人、馬六頭、荷物三十ということで、それらが煩うことなく通過できますようにと仰せつけられております。遠国へ帰る人のことですので、その間、然るべき御許可証をよくよくお願いしたく存じます。恐々謹言

明応七年　十月十八日　神保道五郎慶良（花押）
水橋宮内大輔殿御宿所

この文書はまず、年月日の「明応七年十月十八日」に着目しましょう。

明応二年（一四九三）「明応の政変」で、管領細川政元は、十代将軍義材《よしき》が京都を留守にしている間に義澄《よしずみ》を十一代将軍に擁立してしまいます。

幽閉された義材は京都を脱出して越中に下向し、畠山政長の家臣である**神保長誠**《ながのぶ》を頼ったのです。

この時義材は単なる逃亡者ではなく、再挙上洛画策の陣容を整えていたので、「越中公方《えっちゅうくぼう》」と呼ばれていました。

明応七年（一四九八）九月には、細川政元側との和睦交渉が進展したという認識で、義材は越

前国の朝倉貞景《あさくらさだかげ》のもとへ移ります。

こうした歴史的経緯を考えて③の文書に戻ると、「九月の義材移座を祝うべく、義材のもとへ参じていた奥州白河結城衆の帰国に際して、**神保慶良**がその路次安全の保証を求めた書状といえる」と、久保尚文氏は考察を加えているのです。

つまり明応七年九月の和睦交渉進展に伴って、義材による越中から越前移座を祝うべく、二百人もの人数で参じていた白河結城氏が、翌十月には帰国の途に就いたことを、③の文書は伝えているというのです。


ところで兼載は、明応七年二月二十五日、細川政元邸の法楽千句に出座しています。「明応の政変」の和睦交渉が進んでいる時でした。

同三月三日に、「古今伝授」を受けた歌道の師堯恵から、和歌四天王の一人で二条派の元祖のように崇められた頓阿が著した『井蛙抄《せいあしょう》』を贈られます。


此の一部当家の秘説と雖も、懇望により兼載法橋に授けしめ畢んぬ。努々他見有るべからざる者也

明応七年三月三日　　法印堯恵　在判

＊通釈
この書物の一部は当家の秘説ではありますが、熱心なお願いにより兼載法橋《ほっきょう》に与えるもので

す。決して決して他の人に見せることがあってはなりません。
明応七年三月三日　　法印堯恵　在判
※典拠　金子金治郎著『連歌師兼載伝考』

さらに金子氏は前著に於いて、『兼載日発句』（京都大学文学部蔵）に、「明応七年三月東国下向に」の詞書の発句、

身や旅に心はやどの花の陰
＊この身は旅に出ても宿の花陰に心は留めていますよ

を紹介し、堯恵から頓阿著『井蛙抄』を贈られた後に、兼載は都を離れ、東国へ下向したことを述べています。

都から東国への下向は、越中を経由してのことだったのでしょう。

兼載の句集『園塵第三』には、次のような発句があります。

鞍河兵庫助興行に
松風に涼しさゝむき泉かな
＊松に吹く涼しげな風が泉を微かに波立たせ、暑夏を抑えた薄寒い風情を漂わせています

神保左衛門尉家にて
三日の夜を月のかつらの二葉哉
＊夜空の三日月を見ると、月に生えているという桂の木も、月と同じように、まだ生えたばかりの二葉で、初々しいことです

また、兼載の家集『閑塵集』にも、

神保右衛門尉家にて
ほど遠く尋もゆかし本あらの萩咲庭ぞみやぎの丶原
＊遠い距離を訪ねていってぜひ見たいものです。萩の名所として知られる歌枕の地宮城野の、根もとがまばらな萩の咲く野原を

と詠んだ歌があります。これらの句や和歌について綿抜氏は、「猪苗代兼載と越中」の中で、明応七年の越中来訪の時に詠じられたものと考えられる。特に「ほど遠く」の和歌は、明らかに兼載の奥州下向を意味していよう。……（八槻文書②の）差出人「**鞍河誠広**」と兼載の『園塵』にみえる「鞍河兵庫助」、（八槻文書③の）差出人「**神保慶良**」と『園塵』および『閑塵集』にみえる「神保左衛門尉」「神保右衛門尉」との関係は明らかではないが、義材が身を寄せていた**神保長誠**とかかわり深い人々であったことは考えられよう。

と述べ、兼載の明応七年の奥州下向は、義材が身を寄せていた**神保長誠**と関わりがあったことを

示唆しているのです。

「鞍河兵庫助」が興行した連歌会で「松風に涼しさ、むき泉かな」と兼載が詠んだ際、季節は夏でした。涼を求めた泉に松風が吹いて水面が波立ち、都の暑さを思えば少し寒いほどだったのでしょう。

また、『園塵第三』にみえる「鞍河兵庫助」について金子金治郎氏は『連歌師兼載伝考』に、

> 鞍河兵庫助とは、神保（長誠）の重臣蔵川兵庫助にちがいない。彼が義材帰洛交渉のために、明応六年六月に上京、細川政元と折衝していたことは史に明らかである。**兼載越中入りのころは、義材はまだ越中にいた。鞍河第の連歌が行われたほどであるから、その主神保長誠なり、前将軍義材にも会っていたのではないか**。現に越中史料があげる下総集というによれば、常光院堯盛・**法印堯恵**・飛鳥井中納言入道など、**明応のころ越中の義材を訪問している**。**兼載もその一人ではなかったか**と思うのである。

と、兼載が神保長誠の重臣である「鞍河（蔵川）兵庫助興行に」の詞書で句を詠んだことから、その主である神保長誠や義材にも会っていた可能性に言及しています。

前述の通り、兼載は修験との関わりがありました。明応七年の春には歌道の師である二条派の堯恵から頓阿の『井蛙抄』を贈られた後に都を離れています。その堯恵は、文明十八年（一四八六）から約一年間、美濃から北陸路を経て関東を巡った旅日記『北国紀行』を著しており、その旅は修験者としての修行をかねていました。

金子氏も考察されたように、堯恵が越中の義材を訪問しているのなら、兼載も義材を訪問した

としても不自然ではないでしょう。そこで兼載の果たす役割があったとすれば、その一つは足利義材と白河結城政朝とに関することではないかと、綿抜氏は次のように述べています。

義材にとって、二百人もの人数で自分の許に参じてくれた白河結城氏は、義材が上洛し、細川勢力から政権を奪取するために、それなりに重要な存在であったろう。敵方に属さないためにも、参じてくれた返礼を何らかの形で示さねばならなかったと思われる。その一つが、当時のぞみうる最高の連歌師であり、しかも東国出身者である兼載を派遣する事ではなかったろうか。……兼載の果たすべき役割の一つは、白河結城氏が満足するように、**連歌師**として活動する事であったと考えられるのである。

この記述から、明応七年三月春、二条派の堯恵を訪問した兼載は、『井蛙抄』を贈られた際、越中公方（義材）のことも話題にのぼったのではないでしょうか。越中の情報を得た上で、兼載は離京をした可能性が出てくるのです。

さらに白河結城氏へのお礼の形として、最高の連歌師である兼載を、越中公方（義材）が東国へ派遣するという政治的背景です。

この記述で綿抜氏が「**連歌師**」と敢えて強調したのは、鶴崎裕雄氏『戦国の権力と寄合の文芸』から、次の一節を引用しての「**連歌師**」像でした。

連歌のおもしろさ、楽しさは連衆の心を一つにする。そして連衆が心を一つにしたとき、すぐれた連歌作品が生まれる。戦国の武将たちにとって、ある地方の国人たちが、ある大名の被官たちが、おのおの心を一つにし、揆を一にして、土地を守り、身を守り、勢力を拡大する。連歌会はこうした一揆の精神を培養する場となった。くわえて連歌師や歌人たちは、都の華やかな文化や崇高な古典の教養を地方にもたらす。地方連歌壇のマンネリズムを打開してくれるのも都の連歌宗匠である。これら尊敬すべき文化人を招くことは、それ自体領主権力の高揚に連なる。文化は権力者を権威の甲冑で飾るのである。地方の豪族・権力者はこぞって歌人や連歌師たちを歓待する。

戦乱が続く室町時代に、なぜ兼載のような最高の連歌師が、都の天子から地方の武士まで挙《こぞ》って歓待され、優遇され、もてはやされるのか、その一端が見えてきたのではないでしょうか。その意味でも猪苗代兼載は、中世が生んだスターと言えるでしょう。当時北野連歌会所奉行として連歌界のトップにいた兼載は、まさに最高の連歌師でした。この兼載を白河弾正少弼政朝は歓んで迎えるに違いありません。

しかし、このことは白河弾正少弼政朝の帰京に同行することを意味するのではなく、兼載は独自に連歌師としての活動を各地で展開しながら、白河を目指して行くのです。

さて、越中を出発した兼載は、北陸道を下り、上野（現群馬県）に到着しました。

兼載句集『園塵第三』発句（詞書）から、訪問の状況を推察してみましょう。

年久在て東へ下侍し比、長尾修理亮家にて、はじめて会侍（り）しに

＊久しぶりに関東へ下りましたころ、（関東へ下って）初めて長尾修理亮顕忠家での会席での詞書で、

幾秋をふる枝忘ぬ小萩かな

＊幾つ秋を経て枯れ枝となっても忘れない萩の花ですよ

の句があります。この詞書から、関東を下向するまで長い月日が経っていたこと、上野国の長尾《ながお》顕忠《あきただ》家が関東圏で初めての会席の場であり、発句「小萩」から、初秋という季節も読み取れます。

長尾顕忠は、兼載句集『園塵第二』発句にも登場した人物で、兼載とは旧知の仲でした。

金子金治郎氏は、兼載の和歌の師、堯恵の『北国紀行』より、「文明十八年（一四八六）に、二条派の法印堯恵を上州長野の陣所に迎えたのも、この（長尾）顕忠であった」と述べ、堯恵と長尾顕忠との関わりについて言及しています。（『連歌師兼載伝考』）

兼載句集『園塵第三』発句を続けると、

関東に侍し比管領の亭にて九月廿五日

＊関東滞在の頃山内管領上杉《うえすぎ》顕定《あきさだ》邸にて九月二十五日に

という詞書に、

花さかん数や真砂の庭の菊

＊庭に咲く菊は真砂のように多くの花でいっぱいです

の句があります。詞書の管領は、関東管領※山内上杉家の上杉顕定のことで、やはり『園塵第一』

発句の詞書にも記された人物です。
※関東管領とは、室町幕府が設置した鎌倉府の長官「鎌倉公方」を補佐するための役職名で、上杉氏が世襲していた。
陰暦の九月二十五日は暮秋ですので、その季節にふさわしく「菊の花」が詠まれたのでしょう。一つの茎に沢山の花を付ける菊、その細やかで清らかな花の夥しい数を「真砂（細かな砂）」に喩えました。「庭の菊」（の夥しい花）がしなやかに風になびく様子は、打ち寄せる波に引かれていく細かい「真砂」を彷彿とさせます。
兼載句集『園塵第三』発句で、次に注目するのは、

新田礼部亭にて
＊新田礼部亭（上野の新田に於ける、岩松尚純《いわまつひさずみ》の邸）で

の詞書で、次の句があります。

松杉を冬のはやしのにほひ哉
＊冬の林の見事な風情を引き立てている松や杉ですよ

詞書の「新田礼部（岩松尚純）」も『園塵第一』発句に登場しており、兼載とは旧知の仲でした。上野国（現群馬県）新田に屋敷を構え、兼載を迎えたのは、発句「冬のはやし」の語句から冬期に入っていたことがわかります。

冬枯れの雑木林は、殺風景な印象を持ちますが、中に常緑の松や杉の木が立ち交じることで「にほひ（つややかな美しさ）」が引き立てられ、冬独特の風景が醸し出されている、と言うのです。

上野国（現群馬県）から下野国（現栃木県）に赴き、そこに於いても連歌の会席を兼載は重ねていきます。

上野国で会席を持った人物は、兼載句集『園塵第二』発句にも登場した、旧知の仲だったのに対し、下野国での詞書（例、茂木や上三川）は、『園塵第一』には見当たりません。恐らく兼載にとって、初めて訪問した所だったのではないかと推察されます。都から最高の連歌師が関東に下向してくる、との知らせは関東中に広まったのでしょう。

かつて交流していた上杉氏や岩松氏は、今や連歌界のトップの座に就いた兼載と連歌の会席を持つことをどんなに心待ちにしていたのか、容易に想像がつきます。そして、初めて訪問する下野の城主たちも、できるかぎりの饗応を尽くして連歌の宗匠兼載をもてなしたのではないでしょうか。

こうして、下野から北上し、兼載が漸く白河の関に辿り着いたのは、雪がちらつく頃でした。

# 十一、白河に住む

## Ⅰ　白河の関

兼載が白河の関で詠んだ発句が、『園塵第三』に、

雪のふり侍し日白川の関を越侍るとて

＊雪が降りました日に白川の関を越えますとて（詠みました）

の詞書で、

旅ころも雪にあらたむる関路かな

此発句にて霜台張行

＊白河の関を越える今、旅ごろもも雪で真っ白になってしまいました。平安時代末の歌学書『袋草紙』の中の竹田大夫国行《たけだたいふくにゆき》が白河の関を過ぎる時に、ここはかつて能因《のういん》法師が和歌を詠んだ場所です、どうして普段着などで通れましょうかと、着飾って身だしなみを改めたという故事にならって、私も能因法師を偲んで、身だしなみを整えてこの関を越えていきましょう

此の発句で白河弾正少弼政朝が一座を張行

と、収められています。

白河の関（現福島県白河市）は、勿来《なこそ》の関（現福島県いわき市勿来）、念珠《ねず》ヶ関（現山形県西田川郡）とともに、蝦夷《えぞ》の侵入を防いだ「奥羽三関《おううさんかん》」の一つです。

平安時代の歌人である能因法師が、

都をば霞とともに立ちしかど秋風ぞ吹く白河の関
＊都を春霞の立つ頃旅立ちましたが、もう秋風が吹いていますよ、この白河の関では

と詠んだ歌は有名です。

能因法師が詠んだこの場所で、関を越えようとする兼載は、竹田大夫国行の故事に倣って、旅の衣に付着する雪を払い、身だしなみを整えて襟を正す「うたびと」としての真摯な態度を表し、迎えてくれた白河弾正少弼政朝に対しても礼を尽くして詠んだのではないでしょうか。

金子金治郎氏は、「『園塵第三』の中で、関東関係の句はすべて明応七、八年（一四九八、一四九九）のものとなる」（『連歌師兼載伝考』）と述べています。この指摘からも、明応七年の秋から冬にかけて、四十七

白河関跡

歳の宗匠兼載が上野国で連歌の会席に臨んだ後、白河を訪れた道筋が見えてきました。
そして兼載は白河の所々で会席に臨み、相当の期間滞在することになるのです。

## Ⅱ　白河に住む

『白河往昔記』（延宝六年〈一六七八〉成立）には、

近き比老いたる者申しき、城大手門西の武者走りの往留に、**昔連歌師兼載屋敷有けり、**爰に天神の社有し由傳ふ

＊通釈

近頃年老いた者が申しました。お城の大手御門西の武者走りの突き当たりに**昔連歌師兼載の屋敷が有りました**。そこに天神のお社が祀られて有ったと伝えられています。

と書かれています。

さらに『白河風土記』（文化二年〈一八〇五〉成立）には、

何の頃にや、大手門の西に当たる地に、**連歌師兼載と云ふものありて住し、其家天神社ありける由**

＊通釈

いつの頃でしたか、大手御門の西に当たる所に、**連歌師兼載というお方が住んで、其の家**

**に天神のお社が有った**とのこと。

と記載されています。

江戸時代に編纂された両書は、「**白河に兼載が住んだ屋敷があった**」こと、そしてその「**屋敷に天神社を有し**」ていたことを伝えているのです。

兼載の句集『園塵第三』発句には、

　白川の所々にて会のうちに

　＊白河のあちらこちらで催された連歌会での句の中に

　水鳥の月をうごかすうきね哉

　＊水面に浮かんだまま寝ている水鳥が西へと傾く月を動かしているように見えます

人は花梅は春まつ木ずゑかな

＊木の梢に花が咲くのを人は心待ちにし、梅は梢に花が咲く春の日を心待ちにしているのですよ

という詞書で、

めぐみけり春やとなりの家桜

＊隣家の桜が芽を出しましたよ、これも春という季節の恵みですね

しらず又冬やわか時むめの花

＊知らないですか、冬は一方で梅の花の幼い時であることを

と四句が続けて収められていて、白河の所々で、頻繁に兼載が連歌興行に迎えられていたことがわかり、どの場所に於いても面目躍如たる秀句が詠まれています。

これらの移動空間は、取りも直さず移動時間の広がりを示しており、その拠点となった場所（住まい）があった可能性を示唆するものではないでしょうか。

また、白河を治めていた白河弾正少弼政朝が兼載を歓迎した経緯を考慮すれば、あらかじめ邸宅を用意していたことも十分考えられるでしょう。

金子金治郎氏の『連歌師兼載伝考』を続けると、

白河でも相当滞在していることなどから、明応七年は白河で越年しているのではないかと考えたくなる。それに翌明応八年春も早い時期の句が、下野那須郡の那須播州家であって、白河からの順路として自然であると思われる。

と、明応七年に兼載が相当の間白河に滞在して、翌八年まで越年した可能性を記しています。

明応八年（一四九九）六月、兼載は蘆野《あしの》（現栃木県那須郡蘆野）を訪ねています。

兼載の『園塵第三』発句を続けると、

明応八年六月十八日蘆野大和守興行の連歌に

＊明応八年六月十八日蘆野大和守興行での連歌で詠みました

の詞書で、

あつさ弓入月のこす扇かな

右那須与一末葉なれは也

＊昔那須与一《なすのよいち》は矢で日を描いた扇を射ましたが、今私はその子孫とともに月を描いた扇で涼みながら、山の端にまだ隠れずに残っている月を愛《め》でています

右は那須与一の末裔ゆえ、与一の故事に触れて詠みました

この句は、詞書にもあるように明応八年六月十八日に、蘆野大和守資興《すけおき》が兼載を蘆野へ招き、蘆野一万句興行連歌を催した際の発句です。

『平家物語』屋島《やしま》の戦いで、平家の船から差し出された「紅の地に金の日輪を描いた扇」を、弓で射て見事命中させた那須与一の故事を念頭に、兼載はこの発句を詠み、句の後に「那須与一の末裔」である、主催者蘆野大和守資興に敬意を表しました。

次に六月十八日と日付が記されていることも重要です。十八日の月は満月より出が遅く、沈むのも遅い月です。恐らく月を眺めて詠まれたのでしょう。十八日の月はまだ山の端に入らずに空にかかっていた、その月を、月を描いた扇で涼をとりながら愛でている、というのです。

陰暦の六月と言えば夏の暑い時期です。兼載の手には、上品で雅な扇が握られていたと想像されますが、冷房のない当時、扇はどんなにか重宝だったことでしょう。

さて、金子金治郎氏は前著に於いて『園塵第三』の関東関係の発句を整理して、明応八年の行

程を次のように記しています。

春……那須播州家（下野）→茂木総州家（下野）→藤田（武蔵）→伊香保（上野）→長尾修理亮家（上野）→上杉礼部館（武蔵）

夏……小野崎下野守家（常陸）→白土摂津守家（岩城）→志賀備中守家（岩城）→岩城総州家（岩城）→塩左馬助（岩城）→明応八年六月十八日、蘆野大和守（下野）

北関東から岩城にかけて、これだけ活発な連歌会を展開できたのは、その中間に位置した白河に兼載が拠点を構えていたことが一因だったのではないでしょうか。

前章での考察から、明応七年兼載は足利義材によって白河政朝のもとへ派遣された可能性が出てきました。

権力の高揚を目指した政朝は、当時最高の連歌師兼載を手厚くもてなしたはずです。兼載自身も連歌師として「白川の所々にての会」で、その役目を十分果たしたことでしょう。

また『白河市史』（通史編）には、「政朝期においても相馬氏・岩城氏と一揆契約を結び、石川氏一族の国人を取り込んだり、那須氏に養子を送り同盟を強化するなどして白川氏は周辺の有力国人を従えていた」と記載されていることから、白河より那須へ、そして岩城へと移動しながら、活発な連歌活動を展開した兼載の足どりは、こうした白河氏と周辺国、とりわけ岩城氏や那須氏との関わりが一因だったと考えられるのです。

『白河往昔記』や『白河風土記』に記された**兼載の住した屋敷**というのは、政朝が兼載のために用意した邸宅だったのでしょう。

「天神社を有し」ていたことも、天神を信仰していた兼載が、腰を落ち着けて過ごせるようにとの配慮だったと推察されます。「**住した**」と言っても現在のような定住ではなく、恐らくその屋敷を連歌の活動拠点としていたのでしょう。

ところで、兼載の句集『園塵第三』発句に、

朝倉家にて
おさまれる山風しるし雪の松
＊山から吹き下ろす風もおさまったようです。その証拠に松の木に雪が白く積もっています

と、越前朝倉家での作があります。

この朝倉家の当主が、明応七年九月に前将軍義材が越中から移座した越前の朝倉貞景であったことは前述の通りです。義材は翌明応八年十一月に合流の諸軍と近江坂本に達しますが、京都の細川政元勢に敗れ、周防国の大内氏の許へ逃れます。

兼載の発句「おさまれる山風しるし雪の松」に戻りましょう。「雪の松」の語から、兼載が冬に越前入りをしたことがわかります。金子金治郎氏の前著にはこの句について、「どうやら前将軍義材の事件から解放された後の祝意が感じられる」と記され、明応八年の十一月以降に、兼載が越前の朝倉貞景邸でこの句を詠んだことを示唆しているのです。

さらに兼載は明応八年のうちには、上洛の途に就いたと考えられます。

翌明応九年（一五〇〇）二月十五日北野連歌会所にて連歌宗匠兼載が詠んだ発句として、

松のみか花も一夜の朝開

＊この北野社では一夜のうちに松が生えて林になったという伝説の一夜松だけでなく、桜の花も一夜で開いて美しく咲き誇って、めでたい朝を迎えています

を『北野社家日記』に記していることも、明応九年には兼載が京に戻っていたことを裏付けています。この句を、金子金治郎氏は前著に於いて「北野会所奉行宗匠として奉仕した句としては、最後に見えるものという意味で注意したい」と述べています。

菅原道真は亡くなった後、神霊となって北野天満宮の地に降臨し、一夜にして千本の松を生じさせたという「一夜松」の伝説があり、北野天満宮には、「一夜松神社」が摂末社として祀られています。兼載は「一夜松」の伝説を踏まえ、一夜で花開いた桜を愛でる北野天満宮での朝を句に詠みました。

三十八歳の若さで北野連歌会所奉行（宗匠）に就いてから四十九歳のこの年まで、実に十年以上、兼載は最高位の連歌師として実績を重ね、花開く桜のように自らの芸術が光の中でさらに向上していくことを願ったのでしょう。

それではなぜ兼載は白河には長く留まらずに京へ戻ったのでしょうか。

これについても金子氏が前著に於いて、

兼載帰洛の旅は、あたかも義材の京都進撃の後を追う形になっている。昨春以来の兼載の関東往復の旅そのものが、義材の京都恢復《かいふく》の計画と、どこかで結びついているように思われ

ないでもない。

と述べており、兼載を白河へ派遣した義材の政治的な動きに、兼載が呼応して帰洛した可能性を示唆しているのです。

明応八年（一四九九）十一月、義材は北陸の兵を率いて近江まで侵攻し、比叡山延暦寺を味方に付けますが、近江坂本で細川勢力に敗れました。天台系の僧兵たちが義材に味方して戦ったことも、それまで天台系と深く関わっていた兼載にとって、帰洛の一因として考えられなくもないでしょう。

明応七年（一四九八）に兼載が白河へ赴いたのは、義材から白河結城政朝への御礼という意味合いを込めて派遣されたのだとしたら、義材の京都進撃と兼載の帰洛に、何らかの関わりがあったと見ても的外れではないでしょう。

連歌の会席を重ね、恐らく政治的な思惑も絡んで、兼載は前年と同じ北陸経由で、京都に戻ったのだろうと推察されます。

## Ⅲ　兼載と白河

明応七年から翌八年にかけて、兼載は白河に住したと思われます。兼載にとって白河は、たまたま依頼されてやって来た所というより、一度は腰を落ち着けてみたい場所であったようです。

平成二十四年十一月に兼載の故郷猪苗代で行われた、奥田勲氏による「猪苗代兼載―故郷と詩」という講演の中で、兼載は二回改名をしている。初めに「興俊」と名乗り、それがある時期に「宗春」という名前になります。これを私なりに解釈すると「猪苗代の興俊から都の宗春へ」という意味合いがあるだろうと考えています。宗春の「宗」という字は、当時師事していた大先輩の宗祇の「宗」に字をもらったのだろうという可能性が高い。ところがこの大事な宗祇からもらったはずの「宗春」という名を捨てて、今度は「**兼載**」**となって**、これは生涯続く名前になります。「宗春」という名前を捨てたということは、宗祇から離れ、自立するという意識があったのではないかと想像されます。一旦興俊から宗春という名になって、さらにそれを捨てて兼載になった。そのあたりから宗祇に対する対抗意識というか、そういうものを兼載が持ち始めたのではないかと思います。兼載という名に何故なったかは、断案を持っていないのですけれども、その場合やはり**心敬の方に戻ろう**という意識があったにちがいない。何故そう申し上げるかと言いますと、**心敬というのは**系譜を考えてみますと、藤原定家（和歌の非常に大事な歌聖と言われる）その流れを、**定家→正徹→心敬**という形で引き継いでいる。そういう意識があったのではないか。**兼載というのは、宗祇との対抗意識から名前を捨てて、自分の和歌の世界での正統性というものを、宣揚した**と考えられる。そのもととなったのが、若い頃受けた心敬からの教育だったのではないか。**原点は『芝草句内岩橋』である。**

と述べられました。

奥田氏は「兼載」への改名を、「宗祇への対抗意識」として捉え、それは「かつての師心敬へと戻り、和歌の正統性を宣揚する（世間に広く示す）」ことと表裏一体であり、その原点が『芝草句内岩橋』なのだと指摘をされているのです。

兼載の歌集『閑塵集』にある詞書と和歌を紹介しましょう。

心敬僧都ともなひて白川の関見侍りし事は三十余年になり侍り。文亀の始の年、又関をこゆとて思ひつづける
＊心敬僧都に伴って白河の関を見ましたのは、もう三十年余りになります。文亀の始めの年（文亀元年か？）に再びこの関を越える際、師心敬を思いながら詠みました
という長い詞書で、
これも又いのちならずや三十年をへだててこゆる関の中山
＊西行が昔、小夜の中山を再び越える歌を詠んだように、かつて心敬僧都と越えた白河の関を、三十年もの年月を隔てて再度越えるというのも又いのちがあってのことではないでしょうか
と詠んだ歌です。
歌の通釈に「西行」が登場したのは、この歌が『新古今和歌集』で西行の詠んだ、
年たけてまた越ゆべしと思ひきや命なりけり小夜の中山
＊年老いて又越えようなどと以前は思ったでしょうか、いや思いもかけませんでした。命があったからこそなのですね。小夜の中山をこうして再びこえるのは
※小夜の中山は遠江（現静岡県）にあった峠の名で、東海道の難所の一つだった。

という名歌を踏まえているからです。

師心敬とともに白河の関を越えたのは、文明二年（一四七〇）八月頃でした。兼載が心敬より『芝草句内岩橋』を与えられた直後のことです。

兼載の歌集『閑塵集』の詞書に於ける「文亀の始めの年」は、「三十年余」の語もあり、文亀元年（一五〇一）から二、三年の間である可能性が高いでしょう。いずれにしても、初めて心敬と白河の関を越えた文明二年からは、約三十年の年月を隔てたことになります。

心敬とともに白河の関を越えた往事をしみじみと述懐して、歌詠みの原点として授けられた『芝草句内岩橋』の価値と師より受けた教育を、今さらながらかみしめ、思い起こしているのです。

以上から白河は、連歌師としての原点となった文明二年に心敬とともに訪れた場所であり、兼載が特別な思いを抱いていた所であったことがわかります。

延徳元年（一四八九）に宗祇の後任として北野連歌会所奉行となり、その後山口下向の際、兼載は太宰府天満宮へ詣でました。そして宗祇が二回山口へ下向したように、兼載も明応四年（一四九五）に、二度目の山口下向をしています。まるで宗祇が歩んだすぐあとについて、その足跡に自分の足を重ねているようにもみえます。

これもやはり「宗祇への対抗意識」のあらわれでしょう。

そうであるならば、白河に住した兼載が、かつてこの地を旅して『白河紀行』を著した宗祇を意識しないはずがありません。

明応七年（一四九八）に、都から白河へ下向したのも、宗祇への対抗意識が全くなかったとは言えないのではないでしょうか。

もちろん古来より歌人が憧れてきた歌枕の地に、兼載自身も風流人としてこの地に足跡を残したいとの願いもあったでしょう。

「兼載」と改名した二年後の長享二年（一四八八）、三十七歳の兼載は、『心敬僧都庭訓』を著し、師心敬の学説を忠実に筆録しました。

明応三年（一四九四）四十三歳で、頓阿の流れをくみ二条派の歌学を伝える堯恵から古今伝授を受けた際も、東常縁から受けた宗祇の古今伝授とは一線を画しています。

そして明応四年、『新撰菟玖波集』の編集をめぐっての宗祇との対立。これらの流れを見ても、明らかに兼載は、宗祇と自分は違うのだという意識を前面に出しているようです。それでいて、先んじる宗祇のあとをなぞるような活躍をしているのも事実です。

この複雑な宗祇への意識が、彼をして連歌活動へと奮起させた一因だったことは、宗祇追悼の長歌からもくみ取ることができるでしょう。

白河に住んだ兼載は、今は亡き心敬を追慕し、かつてこの地を訪れた宗祇に思いを馳せ、彼を意識することで一層連歌師としての活躍を誓い、天神社を有して、自らの原点に立ち返る思いで、過ごしていたのではないでしょうか。

能因法師の時代（平安時代）から、松尾芭蕉《まつおばしょう》の『奥の細道』（江戸時代）までずっと、白河は日本の風狂人にとって憧れの地であり続けました。

この地に滞在して兼載は、連歌師としてますます自らの風雅を磨いていったのでしょう。

# 十二、離京

江戸時代に編纂された『白河往昔記』『白河風土記』の両書に、「白河は兼載の住んだ屋敷があって、そこには天神社があった」ことが書かれていたのは、前に述べました。

明応七年（一四九八）の冬以降、兼載は白河に長期間滞在していたことは間違いなく、北関東から岩城までの広範な連歌活動の拠点としていた可能性も言及してきました。

その「住んだ」とされる屋敷には「天神社」がありました。「連歌の神」とされた「天神」。「天神」とされる菅原道真公を祀った「北野天満宮」の、連歌会所奉行（宗匠）として、兼載が天神さまを日々参詣するのはよくわかります。

しかし、「屋敷に天神社」を有するというのは、それだけ兼載と「天神」との結びつきが強かったことと、兼載の「天神信仰」の厚さを物語っているのではないでしょうか。

明応九年（一五〇〇）春、都に戻った兼載が、北野天満宮連歌会所で発句を詠み、これが宗匠として奉仕した最後でした。この年、京都での大火に遭い、兼載は草庵を焼失してしまいます。

この頃の歌ではないかと、金子金治郎氏は、昭和四十八年会津若松市に於ける「会津が生んだ中世の連歌師猪苗代兼載について」という講話で、兼載のある歌を紹介し、次のように述べています。

ながらへてかひなき身をもたらちめの
あとゝふけふぞ思ひなぐさむ
＊生き長らえている不甲斐ない我が身も、母の三十三回忌追善供養の今日は、つらい思いが慰められることよ
※この歌は既に「一、いかなる種か」で紹介済（通釈）は引用外

これは『閑塵集』（兼載私歌集）の中に、三十三回忌の歌としてあるものです。中世の歌人たちの歌集・句集を通じても、お母さんの事に触れたというのは少ないです。明応九年に大火に遭い、兼載は住居を失っている。それ以来どこに住んでいたかわからなかったが、この三十三回忌によめる歌の何か悲観的な物言いといい、明応九年京都の大火で草庵を焼失し、住居もなく苦しい生活と何か関連がありはしないかと思われるのです。仮にこれを文亀元年（明応九年の翌年）あたりに置くと、お母さんの死は文明元年（一四六九）になるわけです。もし、そうしますと兼載は十八歳ということになる。十八歳で母を亡くした彼が、郷里で何もすることがないような気落ちから思い切って文学の道へ入っていく、そういう風な道筋がちょっと読めるような感じがします。

金子氏の指摘のように、この歌を詠んだのが仮に文亀元年（一五〇一）であるならば、前年（明応九年）の京都大火で住居を失うという不運に見舞われ、それから一年近く経って、生き長らえている我が身を不甲斐ないと嘆いていて、三十三回忌に追善供養をして母の優しい面影に慰められよ

うとしているのです。

明応九年（一五〇〇）は、京都の大火のみならず、兼載の人生に於いて、転換を迫られる年でもありました。

明応九年七月六日赤沢政定《まささだ》亭での百韻連歌で、兼載と同座した宗祇が、都を去る発句を詠み、その十日後に離京して終焉の旅に出ます。

これまで様々な軋轢があったにせよ、常にその存在を意識してきた連歌の大先輩と、これが最後の同座になったのです。京都の大火は、その後の七月二十八日のことでした。

さらに、この年の九月二十八日に、後土御門天皇が崩御されます。明応六年（一四九七）には、天皇の御製連歌に加点申し上げ、『若草山』を書見されたという光栄もありました。その天皇の崩御は、兼載にどれほどの嘆きをもたらしたかは想像に難くありません。

このように兼載の都での身辺は、ますます寂しくなっていったのです。

さて、兼載句集『園塵第四下』には、次の発句があります。

文亀元年三月十一日小童を建仁寺月舟和尚小弟になしける時和漢一折に

＊文亀元年三月十一日子どもを建仁寺和尚の門弟にしました時和漢連句の一折りに

という詞書の、

若草も匂ひをうつせ花の陰

＊花陰に生えた若草も花の色や香りを移し染めなさい

※「和漢連句」とは、中国の漢詩に連歌が結びついたもので、室町時代に盛行した。漢詩の一句（五言、または七言）に連歌の一句（五七五、または七七）を交互に付け連ねる形式。第一句目が和句に始まるものを「和漢連句」、漢句のものを「漢和連句」と言う。

兼載のこの句が発句だったので、「和漢連句」となった。

この詞書から察すると、兼載には妻子がいたことになります。文亀元年（一五〇一）三月に、我が子を建仁寺の月舟和尚に託して、兼載は離京するのです。

会津自在院の仏賢和尚に引き取られた、かつての兼載自身とその子が重なってさえ見えてきます。大火のために住居を失った兼載は、離京に際して我が子を手放すことも致し方なかったのかもしれません。

兼載句集『園塵第三』の編集も、これまでの生活を整理する一環として行われたのではないかと、金子金治郎氏は考察されています。さらに『園塵第三』の奥書「文亀壬戌臘《ろうげつ》月末注之、耻外見者也（文亀二年十二月末之を注す、外見を耻《は》づものなり）」は、前年に編集したものを文亀二年十二月末に書写したもの、との見解を示されています。（『連歌師兼載伝考』）

それから間もなく、都を去った兼載は、東国へと向かいました。やはり北陸道を通って下向したのでしょう。

兼載句集『園塵第四下』発句を続けると、

文亀二正

とけてさへ池や氷のたまり水

＊文亀二年正月（に詠んだ発句）

晴れた正月に、氷が解けて水がたまりゆく静かな池の風情に心も打ち解けていきます

があります。

「文亀二年正月」の詞書と、晴天に解けた氷の水が池にたまっていく、のどかな正月の風情が詠まれています。正月に氷が張る寒冷地で詠まれたことは間違いないでしょう。

もう一つ注目すべきは、この池に対峙している兼載自身が打ち解けて、くつろいでいるという点です。気兼ねなく正月を過ごせる場所で、この句を詠んでいたと考えられるのです。

では、この句は、いったいどこで詠まれたのでしょうか？

文亀元年（一五〇一）三月以降都を離れた兼載が、北陸道を通って東国を目指し、上野国（現群馬県）、下野国（現栃木県）にて会席を重ね、再び白河に入った可能性は大きいでしょう。

兼載の歌集『閑塵集』から、

心敬僧都ともなひて白川の関見侍りし事は三十余年になり侍り　**文亀の始の年、又関をこゆ**とて思ひつづける

＊心敬僧都を伴って白河の関を見ましたのはもう三十年余りになります。**文亀の始めの年、再びこの関を越える**際に師心敬を思いながら歌を詠みました

これも又いのちならずや三十年をへだててこゆる関の中山

＊（歌の解釈は前章に記した）

と詠んだ、長い詞書の歌を紹介しました。

この歌の詞書に着目すると、「文亀の始めの年」と、文亀元年かそれに近い年に、「又関をこゆ（再び白河の関を越える）」と、兼載自身が記しているのです。

これにより、文亀元年の三月以降離京した兼載は、北陸道を通って関東に入り、上野国や下野国などで会席を重ね、その年のうちに白河の関に着いて、『閑塵集』の歌を詠んだ可能性が出てきます。

上野白浜子氏の『兼載年譜』にも、「文亀二年正月、白河に在って、二月会津に入る」との記載があり、文亀二年（一五〇二）の正月、兼載の白河滞在を伝えているのです。

四年前の明応七年に、屋敷には天神社を有して暫く住んだ白河は、兼載にとって、くつろいで過ごせる数少ない所だったのでしょう。

以上から、兼載句集『園塵第四下』発句の、「文亀二正」の詞書の句は白河で詠まれたと考えられるのではないでしょうか。

前年の、都での大火による草庵の焼失で家を失い、相当傷ついた兼載は、離京して東国を旅してもつらい思いはなかなか払拭できなかったでしょう。

文亀元年、白河で越年した兼載は、それまでの張り詰めていた思いが静かに解かれるように「とけてさへ池や氷のたまり水」と、晴れ晴れと癒されてゆく心情を詠んだのではないでしょうか。

# 十三、新発見「兼載軸」

## Ⅰ　関東に於ける付句

二〇一九年五月、令和に元号が変わりました。（平成は三十一年四月三十日まで）
この年の十二月に、古河の方が手に入れた掛け軸（兼載軸）は本物であると判明しました。（次頁写真参照）
「於関東付句」で始まる五句のうち、四句が兼載句集『園塵第三』の句とほぼ同じであること、そして調査の結果、文字が兼載の筆による真筆とされたからです。
古河は、兼載が最晩年に古河公方《くぼう》足利政氏《まさうじ》より迎えられ、名医の治療を受けながら、亡くなるまで過ごした所でした。
新発見とも言うべき「兼載軸」の「於関東付句」を紹介しましょう。

於関東付句　　　　兼載

① とひもやせましとはれもやせん
わがさともよそのいほりも花咲て

② ひきとめば人しばしとゞまれ

あけはて丶ゆくは中〳〵名ももれじ

③　故郷のおも影むかふ日は暮て

あさぢかぜふくのべのほそ道

④　望とげてものぞみこそあれ

おなじくは宮こにみばや富士の雪

⑤　松よりいで丶からすなく也

明がたの霜の木ずゑの天津星

　此五句抄出中也

※便宜上「於関東付句」五句に、番号を付した。

## Ⅱ　解釈と鑑賞

①　とひもやせましとはれもやせん

　＊あの人のもとへたずねてみようかしら、それともあの人の方からたずねてきてくれるかしら

の前句に対し、

　わがさともよそのいほりも花咲て

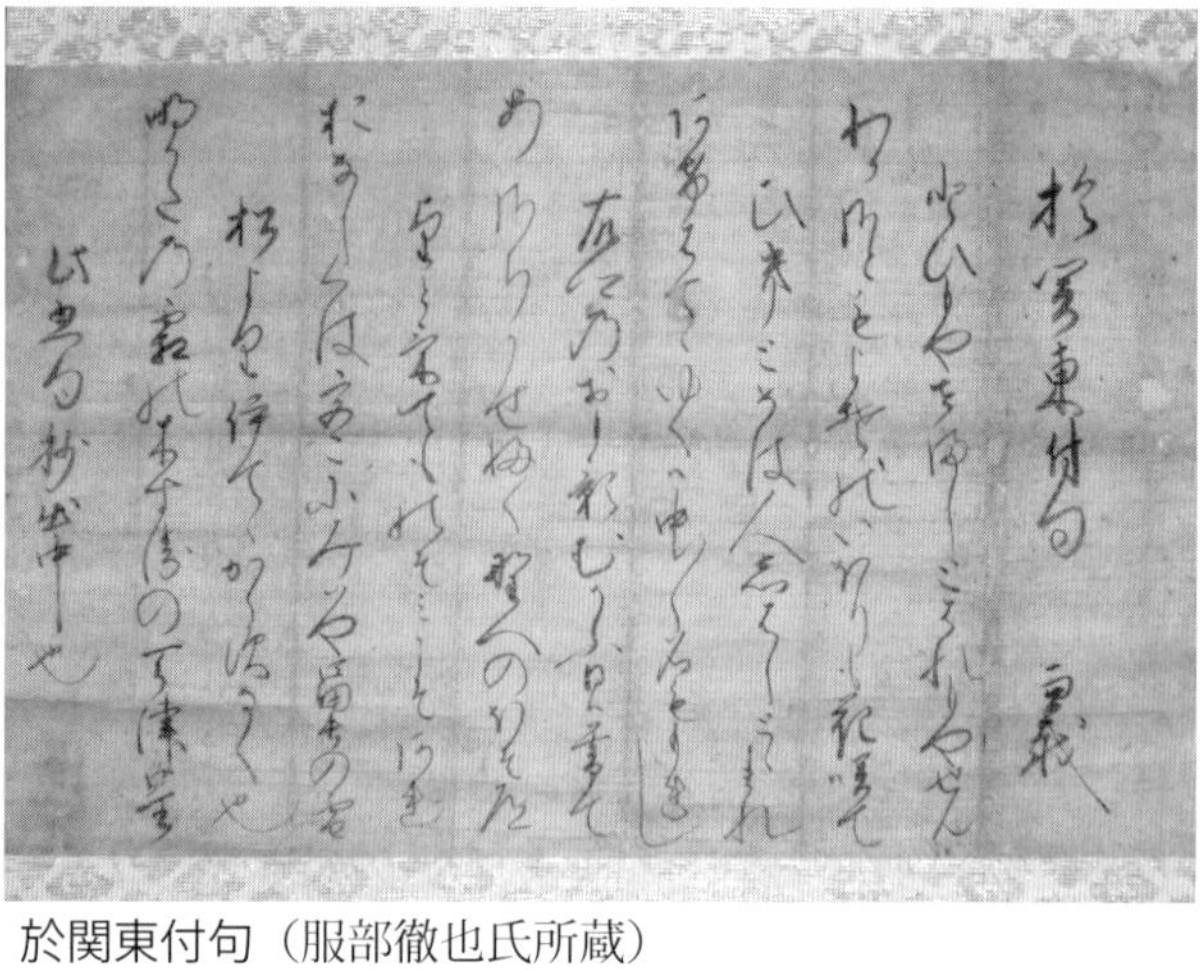

於関東付句（服部徹也氏所蔵）

＊春になり私の家も遠い余所の草庵にも花が美しく咲きました。余所の草庵まで花見に訪ねてみましょうか、それとも余所の草庵から訪ねて来てくれるでしょうか

と付けました。

兼載句集『園塵第三』春部には、同じ前句「とひもやせましとはれもやせん」に対し、「我が宿もよそのいほりも花咲て」と付けてあり、①の付句「わがさとも」と「我が宿も」の異同があります。

「さと（里）」は、郷里の他に自宅の意があり、「宿」も旅先の宿の他に家と同義もあるので、この場合ほぼ同じ意味として捉えてよいのではないでしょうか。

春が訪れるたびに、咲き出す花を一緒に愛でていた友。今年もまた春が来て、離れた庵に住む友と美しく咲き出した花を見る機会を心待ちにするわくわく感まで伝わってきます。

②ひきとめば人しばしとゞまれ

＊引きとめたなら人よ、少しの間留まりなさい

の前句に、

あけはてゝゆくは中〳〵名ももれじ

＊引きとめたなら恋人よ暫く留まって下さい。夜がすっかり明けきって出て行くのはかえって

後朝の別れ※と思われないで、恋の浮き名も世に漏れることもないでしょうから

※後朝（きぬぎぬ）の別れ＝男女が共寝した翌朝の別れ

と付けたのです。

この句は、兼載句集に今のところ見つかっていません。

その場から去ろうとする人を引きとめた前句の「しばし」は、少しの間という短い時間を指しています。

兼載の付句は、恋の句に転じ、一夜を過ごした男女が朝をむかえ、いよいよ別れなくてはいけないという時に、「しばし」がもう暫くの間という意味合いに変わって、これまでの長い逢瀬の時間をもう暫く延ばしたいという、切ない恋心が読み取れます。

夜が明けきってしまえば後朝の別れとも思われず、浮名も漏れないでしょうからと、恋人にもう暫くの滞在を懇願している、臨場感とスリリングな感じさえ味わえる秀句と言えましょう。

③ 故郷のおも影むかふ日は暮て

＊故郷の情景を思い浮かべて立ち向かった夕日は暮れていきます

の前句に、

あさぢかぜふくのべのほそ道

＊野辺の細道に風が吹いて浅茅の雑草が揺れている。ここはかつて栄えた旧都、暮れゆく夕日に向かうと昔の情景がまぶしく見えてきます

と付けました。

兼載句集『園塵第三』雑上には、前句「故郷を思ふばかりに日は暮て（故郷を思うだけで様々回想され、日暮れ方になってしまった）」とあり、「兼載軸」③の前句と齟齬があります。

旅人の望郷を詠ったこれらの前句に、兼載は「あさぢかぜふくのべのほそ道」と付けました。今は雑草が茂り荒れた細道、ここはかつての都「ふるさと」だと言うのです。

風が吹き、野面は蕭条《しょうじょう》と揺れ、この寂しげな場所に日が暮れていきます。栄えていた旧都での情景が走馬燈のように思い出され、一場面一場面が眩しく、ふと気づくと、あの夕日のように沈んで行った現実に、浅茅の細道が引き戻してしまうのです。

④望とげてものぞみこそあれ

＊願いが叶ってもさらに望んでしまいます

と詠んだ前句に、

おなじくは宮こにみばや富士の雪

＊見たいと願っていた、雪を戴いた富士山の美しさに触れ、願いが叶った途端、同じことな

らこの景色を都で眺めたいとさらに望みます

と付けました。兼載句集『園塵第三』雑上にも、この句と同じものがあります。願いという意の前句の「のぞみ（望）」が、付句では遠くを眺める「眺望」の意味に転じたのです。

また「於関東付句」と題されていますから、雪を冠した富士山の見事な眺望を満喫できる関東のいずれかの場所で、兼載はこの句を詠んだのでしょう。

一度は見たいと願っていた、雪を戴いた富士山の美しさ。望みが叶ったら、今度は自分と同じように、都の風流人たちがこの景色にどれほどの刺激と感動を得て雅な歌の世界を創り上げてくれるだろうか、それを願わずにはいられないと、兼載は詠うのです。

⑤　松よりいでゝからすなく也

　*夕暮れの静寂を破って松の木から烏が鳴きながら飛び立って行きました

の前句に、

明がたの霜の木ずゑの天津星

　*霜が降りて冷え込んだ冬の明け方、松の木末から烏が鳴きながら飛び立って行きました。

　空にはまだ星がまたたいています

と付けました。この句も『園塵第三』冬部に、同じ句があります。

暮れ方を連想する「松と烏」の取り合わせの前句から、一転して「明がたの霜の木ずゑの天津星」と兼載は付けたのです。

霜が降りた松の梢の白、そこから飛び立つ烏の黒、飛び立った先は、薄紫から深紅、橙、そして白々と薄青く広がっていく明け方の空。冬の澄み切った空気が、白光を放った星を美しく輝かせています。明けの明星かもしれません。

「天津星」と表現することで、烏が飛び立った上方を漠然と眺めたというのではなく、空のあそこに星があるという確実な視点を得て、「明がた」の空がより美しく広がっていくのではないでしょうか。

## Ⅲ 考察

「於関東付句」は、最後に「此五句抄出中也（此の五句は抄出せる中なり）」とあり、この五句が書巻から抜き出された句の中の五句であることを示しています。

「Ⅱ解釈と鑑賞」で述べたように、番号②以外の四句が、『園塵第三』に収められた句とほぼ同じでした。

四句が『園塵第三』より見つかったことは、この「兼載軸」の句が『園塵第三』の抄出である可能性が高いことになります。

『園塵第三』は、明応六年（一四九七）頃からの句を、文亀元年（一五〇一）離京するにあたり、それまでの生活を整理する一環として編集されたものではないかと金子金治郎氏はその著『連歌師兼載伝考』で述べていました。さらに金子氏に同著に於いて『園塵第三』の中の関東で詠まれた句を、明応七、八年（一四九八、一四九九）と限定したのです。兼載が四十七、八歳の頃でした。

この「於関東付句」も『園塵第三』から抄出されたと考えられる以上、兼載が関東で詠んだとされる明応七、八年の間の句と限定することもできるのではないでしょうか。

それでは「於関東付句」（兼載軸）は、いつ、どこで記されたのでしょう。終わりに書かれた「此五句抄出中也」に注目すると、編集された『園塵第三』から抜き出した中の、「於関東付句」五句として書かれたことになります。

従って、この「於関東付句」は、『園塵第三』編集後の、文亀元年以降に書かれたと考えられます。

「於関東付句」の「関東」という地名を意識するなら、やはり関東に於いて記されたと考えるのが自然でしょう。

しかし、京都滞在中に、関東での付句を所望された可能性もなくはありません。

兼載は、文亀元年（一五〇一）五十歳で離京し、翌文亀二年には会津に入り、その後岩城で庵を結んでいます。

その夏、宗祇の訃報を受けて、岩城の草庵から宗祇終焉の地、箱根湯本まで駆けつけていることが、宗長の『宗祇終焉記』に書かれているのです。

五十三歳の永正元年（一五〇四）三月に、一度上京していますが、それ以降は五十九歳で亡くなるまで、会津や関東などに身を置いていました。

晩年に『園塵第四』が編集されたことを考慮すると、文亀元年に離京し、関東に帰住した直後か、それ以後のあまり遠くない時期に、『園塵第三』より抄出されたのが、この「関東に於ける付句」だったのではないでしょうか。

「兼載軸」の「於関東付句」は、他の事情も無視できませんが、文亀元年以後の関東帰住の際、関東の誰かに所望されてか、挨拶代わりに書き記されたものと考えるのが妥当でしょう。

# 十四、宗祇の訃報

## Ⅰ　兼載天神

文亀二年（一五〇二）二月、兼載は会津に帰郷します。

当時会津は、領主葦名盛高とその子盛滋が対立し、内乱を招きかねない情勢にありました。和平を進言した兼載は、その忠告を受け入れられなかったばかりか、疎外され、身の危険さえ感じて、黒川の自在院に籠もったことは、「一、いかなる種か」で述べた通りです。

その後、兼載は岩城へ向かい、そこに庵住したのです。

岩城には叔父の広幢がおり、彼は兼載を心敬に引き合わせてくれた恩人であったと考えられます。会津に「一指憤」や「兼載措戸」の話が伝わるほど、少年兼載は苛めに苦しめられました。その困窮の際、広幢が岩城へ招いたのか、兼載自らが向かったかはわかりませんが、兼載による広幢宛の書簡を見ても、長い間二人が親交を結んでいたことがわかります。（「二、叔父広幢」）

文亀二年に兼載は、広幢を頼って会津から岩城へ向かったのでしょうか。

岩城での庵の側にも、白河と同様に天神社を有していたと言われています。

金子金治郎氏の『連歌師兼載伝考』には、「磐城誌料が掲げる兼載天神縁起によると、平大館の城西寺中に菅公廟があって、法橋兼載の創立との伝え」が記載されてあり、「兼載天神」についてさらに詳しく（大日本史料九編之二、永正七年六月六日条・兼載没の日より）「兼載が京都から関東に来て、磐城城西寺の側に草庵を結んで住み、昔より天神を尊崇し、常に信仰していたため祠をたてて祀った」という事情も記されています。

「兼載天神」は現在も、いわき市楊土の「子鍬倉《こくわくら》神社」の境内に鎮座してます。その来歴は、「会津の俳人兼載なる人が会津の小平潟天満宮の分霊をまつった」と書かれてあり、もと平大館跡から紺屋町へと移され、大正十年に現在の地に奉納されたと伝えられています。

「小平潟天満宮」は、兼載の生地小平潟の由緒ある天神社で、幼い頃より母とともに信心した、いわば故郷を象徴するものです。

この岩城に庵住する以前にも、白河での邸宅側に天神社が祀られていたことを想起すれば、「天満宮」が兼載にとって、どれほど心の拠り所であったかが想像できるでしょう。

自らの故郷である小平潟の「天満宮」の分霊を祀って兼載は、会津より温暖で温泉にも恵まれた岩城に落ち着くことで、身体を癒し、天神を拝んでは望郷の想いと幼少を懐かしんで、心も癒されていったのではないでしょうか。

## Ⅱ　宗祇の訃報

文亀二年（一五〇二）七月晦日、宗祇が箱根で客死します。八十二歳でした。

訃報に接した兼載は、岩城から箱根へ赴き、宗祇終焉の地に到って、追悼の長歌を詠むのです。

すゑの露　もとの雫の　ことはりは　おほかたの世の　ためしにて　近き別れの　悲し

びは　身に限るかと　思ほゆる　馴れし初めの　年月は　三十あまりに　なりにけん　そのいにしへの　心ざし　大原山に　焼く炭の　煙にそひて　昇るとも　惜しまれぬべき命かは　同じ東の　旅ながら　境遥かに　隔つれば　便りの風も　ありありと　黄楊の枕の　夜の夢　驚きあへず　思ひ立　野山をしのぎ　露消えし　跡をだにとて　尋ねつゝ事とふ山は　松風の　答ばかりぞ　甲斐なかりける

反　歌

遅るゝと嘆くもはかな幾世しも嵐の跡の露の憂き身を

＊人の命は木の梢や根元に落ちた雫のごとくはかなく消えてゆくという　道理は　一般の世の例でありますが　身近な人との死別の悲しみは　我が身だけに限るかと思われます　宗祇と親しくなって　三十年以上経ったでしょうか　彼に対する私の思いは昔から　大原山の炭焼きの煙とともに　この命が昇り消えても　惜しくないくらいです　私が住む所と同じ東国の　旅と言っても　遠く遥かに　隔たっていると　宗祇の死を知らせる便りをはっきりと告げられ　夜の夢から覚め　驚いている間もなく　思い立って　野山を越えてせめて宗祇が亡くなった跡だけでもと　尋ね訪ねた山では　松風が哀しげに　答えるだけで　甲斐のないことですよ

反　歌

＊死に遅れたと嘆くのもはかないことですよ。これから先どれほど此の世に生きていられま

しょうか。嵐のあとの露のようにはかなくつらいこの身は
※典拠　『新日本古典文学大系中世日記紀行集』（岩波書店）

▽本歌
『新古今和歌集』哀傷・僧正遍昭
末の露もとの雫や世の中の遅れ先立つためしなるらん
＊草木の先の露と根元の雫が、世の中の人が遅れて死に、先立って死ぬことを示している例なのでしょうか
※典拠　『日本古典文学全集二六』（小学館）

僧正遍昭の哀傷歌を本歌として詠んだ、兼載の慟哭が聞こえてきそうです。宗祇の死の知らせを受けた兼載の動揺が、どれほど大きかったのか、この長歌で読み取れるでしょう。信じられない思いでその訃報を聞き、取るものも取り敢えず、岩城から箱根に向かった兼載の脳裏には、ともに連歌を究めてきた三十年以上に亙《わた》る親交の思い出が甦ったはずです。「三十あまり」の三十年以上という年月は、兼載が十九歳の時の「河越千句」（一四七〇）に於いて、宗祇と同座してからの付き合いとも取れます。或いはその前年に、既に品川の心敬庵で、心敬に師事していた兼載（当時は興俊）と宗祇が会っていた可能性も否定できません。

心敬と宗祇、室町時代の連歌を代表するこの二人が、兼載の才を見抜いて伸ばしてくれた、その恩義は計り知れないほどだったのです。

宗祇の墓（箱根）

とりわけ、二十四歳で上京した兼載の、都での華々しい活躍を後押ししてくれたのが宗祇でした。『新撰菟玖波集』編集をめぐって対立した際、兼載が句を切り出して持ち帰った暴挙に出たのも、三十一歳も年上の宗祇へ、父親のように甘えていたからかもしれません。

若い頃からその背中を追いかけ、時には対等にぶつかり合い、いつも寛い心で受けとめられてきた兼載にとって、宗祇という存在がどれだけ大きかったかは想像に難くないでしょう。

そして、その宗祇を喪った兼載の嘆きや哀しみは、どれほど深く、やるせないものであったかも察するに余りあります。

この年（文亀二年・一五〇二）の冬、十二月に『園塵第三』（前年編集）を書写しています（「十二、離京」）。奥書に「文亀壬戌臘月末注之、耻外見者也。兼載」（文亀二年十二月末之を注す、外見を耻づるものなり＝文亀二年十二月末にこの園塵第三を書きました、他の人が見ることは憚るものです。兼載）とあり、恐らく岩城の草庵で書写したものでしょう。

箱根から岩城の草庵に戻り、宗祇を喪った哀しみにくれながらも、兼載は自らの連歌の世界に没頭していったのです。

# 十五、『竹　聞』

## Ⅰ『竹　聞』

文亀三年（一五〇三）に、兼載は再び会津に帰郷します。

宗祇が編集した連歌撰集『竹林抄』の注釈書である『竹聞《たけぎき》』の奥書には、

文亀三年七月十五日　酉刻　於
会津黒川聴聞終了　　　天

と記され、顕天（天）が、兼載による『竹林抄』の講義を聴聞し終えたとしています。（金子金治郎著『連歌師兼載伝考』）

宗祇が亡くなって、一年が経とうとしている文亀三年七月十五日に、兼載は宗祇の『竹林抄』を会津に於いて講義していたのです。

宗祇は、連歌に於ける先達の七人（宗砌《そうぜい》・専順《せんじゅん》・賢盛《かたもり》・智蘊《ちうん》・心敬《しんけい》・能阿《のうあ》・行助《ぎょうじょ》）の優れた句を収集、分類編集し、中国の「竹林の七賢※」になぞらえて、『竹林抄』とし、五十六歳だった文明八年（一四七六）に編集を完了しました。

※竹林の七賢は70頁（「五、宗匠交代」）にて説明

奥田勲氏はその著『宗祇』で、この『竹林抄』について、「宗祇の連歌の淵源を知るべき撰集であり、『新撰菟玖波集』の中心的な資料ともなった重要な作品集である」と述べています。

宗祇が亡くなった喪失感が癒えないこの時期に、故郷の会津で行われた、宗祇の『竹林抄』に兼載が注釈した講義は、おのずと熱を帯びていたことでしょう。

さて、この時（文亀三年）会津黒川で兼載の講義を聴聞し終えた顕天は、岩城の広幢の子息とされています。（後述）

彼（顕天）は岩城から会津へ向かう兼載に同行したのでしょうか。それともその頃既に会津に滞在していたのでしょうか。

どちらの可能性も否定できませんが、兼載が顕天の才能を高く評価し、将来へ期待を寄せていた人物であったことは、この後の、兼載から薫陶を受け続けていく経緯を見ても明らかです。

兼載にしてみれば、品川の心敬に師事する契機を与えてくれた広幢への、恩返しであったかもしれません。

宗祇の重要な連歌撰集であった『竹林抄』を、宗祇が亡くなった翌年に、兼載が注釈した講義。連歌史に於いても大きな意味を持つこの講義を、聴聞した顕天の『竹聞』は大変貴重なものと言えます。

この頃の作かは判然としませんが、兼載が会津滞在中に詠んだ秋の発句を『園塵第四』より紹介しましょう。

柳津圓蔵寺にて

川霧や音に舟行（く）ゆうべかな

＊柳津の虚空蔵尊圓蔵寺で
秋の夕べ、川霧が立ちこめて視界は遮られているけれど、ゆったりと流れるこの只見川を
漕ぎ行く舟の音は聞こえてきます

夕方、霧が立ちこめて、美しい只見川の秋景色も見えなくなってしまったけれど、静寂を打ち破って舟を漕ぐ音が近付いては遠退いていくという、聴覚で描いた幻想的な叙景句として注目されます。

## Ⅱ　上京の意図

永正元年（一五〇四）三月、兼載は都に上ります。

五山（相国寺）の詩僧・景徐周麟を訪問して斎号を依頼し、それに応じて景徐周麟が、『耕閑軒記』を執筆しました。

斎号とは、歌人や文人などが、実力が高まったとして、本名とは別につけてもらう風雅な呼称を言います。

景徐周麟は、宜竹《ぎちく》・対松《たいしょう》とも号し、兼載の『園塵第三』にも「対松軒にて」との詞書で、

先（づ）明（け）て山もとくらし嶺の雪
＊夜が明けて真っ先に嶺の雪が明るく輝いているのに対し山の麓はまだ暗いことですよ

と詠んだ発句があって、都で既に兼載と交流を持っていた人物でした。

明応五年（一四九六）より三代将軍足利義満の檀那塔である相国寺鹿苑院に住しており、詩文集に『翰林葫蘆集《かんりんころ》』十七巻があります。

景徐周麟の『翰林葫蘆集』第七巻目に、兼載の依頼に応じて執筆した『耕閑軒記』があり、それには次のように記されています。（金子金治郎著『連歌師兼載伝考』）

本朝連歌之宗匠、諱日兼載、関東人、其姓平氏、其先出自三浦介、自桓武帝至其父式部少輔盛実二十四世、遙々華冑、莫絶于今

◎読み下し

本朝の連歌の宗匠、諱を兼載と日ふ、関東人にして其の姓は平氏、其の先は三浦の介より出、桓武帝よりの其の父式部少輔盛実に至る二十四世、遙々と華冑たり、今に于いて絶えることと莫し

＊通釈

我が国の連歌の宗匠である兼載というお方は、関東人で、桓武平氏の流れをくむ三浦介を祖先とし、その父は猪苗代式部少輔盛実二十四世という、遙か昔からの貴い子孫で、絶えることなく今に至っています。

「一、いかなる種か」でも触れましたが、この記述は、兼載が自らの出自を語ったこととして、重要視してきたものです。

金子氏の前著を続けると、「他にどういう目的があったかわからないが、鹿苑院の景徐周麟を訪問して、斎号を依頼し、『耕閑軒記』を得たのが、この上洛の表面に現れた、ただ一つの収穫になっている」と述べられ、永正元年三月の上京の主たる目的が、景徐周麟を訪ねることだったとの見解を示しています。

これによって、兼載は「耕閑軒」の斎号を得、自らの出自と父親（盛実）を明らかにしたのでした。

五山文学の一翼を担っていたとも言うべき景徐周麟の『翰林葫蘆集』、この中に自らの由緒ある血統が記され、残されることを、兼載は強く意図したのではないでしょうか。

二年前の文亀二年（一五〇二）二月、久しぶりに帰郷したにもかかわらず、身の危険を感じて会津を逃れても、翌文亀三年には会津に入っています。

勿論、会津にも連歌を好む文士たちは多くいて、彼らが兼載を誘った可能性はあります。しかし、その周辺の関東各地でも、同じように兼載の訪問を待ち望んでいた豪族や連歌の愛好家は、たくさんいたでしょう。

つまり、兼載はこの時期、それほど会津にこだわったのです。

それはどうしてでしょう。

なぜ自分は危険な目に遭ったのか、それを知るため、或いはこの時期にその理由を初めて知って、そのことが兼載を突き動かしたのではないでしょうか。

父盛実は、三浦介の血を引く猪苗代家の正統であったと、『伊達世臣家譜』の『兼誼家譜』に記されていました。(「一、いかなる種か」)

連歌の宗匠として名を馳せた兼載は、尊い血筋であることを広く世に知らせるために都へ上ったのではないでしょうか。

## Ⅲ 「葦名祈禱百韻」

永正二年(一五〇五)秋、兼載は再び会津を訪れます。帰郷すれば、誰もがそこで穏やかに過ごしたいと思うでしょう。

しかしこの時、会津は安心して滞在できる所ではありませんでした。

金子金治郎氏の『連歌師兼載伝考』には、この時の葦名盛高・盛滋父子の紛争記事として、『会津旧事雑考』から次のように引用しています。

永正二年乙丑
八月十七日、因家臣佐瀬富田等故而盛高与盛滋父子有隙也。佐瀬富田党于盛高、松本源蔵同勘解由党于三郎盛滋也。佐瀬富田共走白河、盛滋拠于綱取城也。故白河氏来雖謀和不可。綱取者松本勘解由居也　十月九日父子隔於塩川橋相戦数日。十四日盛滋敗績走長井越年…

◎読み下し
永正二年
八月十七日、家臣佐瀬富田等が故により盛高と盛滋との父子に隙有る也。佐瀬富田は盛高に党し、松本源蔵同勘解由は三郎盛滋に党す也。佐瀬富田共に白河に走り、盛滋は綱取城に拠る也。故に白河氏来たりて和を謀ると雖も不可。綱取は松本勘解由の居也　十月九日父子塩川橋を隔て相戦ふこと数日。十四日盛滋敗績して長井に走り越年す…

＊通釈

永正二年（一五〇五）八月十七日、家臣佐瀬富田らの争いにより盛高と盛滋との父子に対立が生じました。佐瀬富田は盛高を助け、松本源蔵同勘解由は三郎盛滋を助けました。佐瀬富田はともに白河に走り、盛滋は綱取城に拠点を構えました。そこで白河氏が来て和睦をはかるのですが、不調に終わってしまいます。綱取は松本勘解由の居城です　十月九日盛高盛滋父子は塩川橋を挟んで戦うこと数日間、ついに十四日盛滋は大敗を喫して長井に敗走し、そこで年を越します。

永正二年八月十七日から十月十四日の葦名盛高・盛滋父子の争乱の間、九月十三日に兼載は「葦名祈禱百韻」を詠みます。

十三夜の月に向かって、兼載は葦名父子の戦乱を鎮めるため、祈りをこめてこの独吟百韻を詠みました。次のような長い詞書があります。

奥州會津郡之守護葦名といへる人、父子の間違乱の事有。しかあれば一家のものども引分て、催軍勢干戈に及ぶ。その時祈禱を為し、独吟を初侍りければ則和合し侍り。其折ふしは永正第二九月十三夜のことなりしかば、

＊奥州會津郡の守護葦名と言われる人、父子の間に乱が起こり、一家の者たちも二分され、軍勢を率いての戦となりました。その時兼載は祈禱のため、独吟を初めて奉りましたところ功を奏し父子の仲は改まりました。その時というのは永正二年九月十三夜のことでありましたので

月は名をわくるもひとつ光かな

＊月は、三日月、十三夜、満月と様々にその名を分けていますが、元は同じひとつの月の光りが照っているのです。月に倣って、同じ血を持つ親子の争いごとなどやめるべきです

※典拠　『群書類従第四百八十二兼載獨吟百韻』

この発句は、兼載句集『園塵第四』の詞書には、「独吟連歌に」とだけ記してあります。

ここで、永正二年八月十七日に表面化した葦名父子の争乱について、『会津旧事雑考』には、「佐瀬富田共に白河に走り、……故に白河氏来たりて和を謀ると雖も不可」とあり、父盛高側の佐瀬・富田が白河に走り、白河氏が会津に来て和睦を謀るも不調に終わった経緯に注目したいのです。

この白河氏は、明応七年（一四九八）に兼載を白河に招いて屋敷を提供したと考えられる白河結城政朝でした。白河は、叔父広幢が居住していた岩城にも、後の章で述べる蘆野にも近い所で、政情も安定していました。

盛高・盛滋父子争乱が表面化した八月から、どれほど経って白河氏が和睦を謀りに会津に来たかはわかりません。

仮に、争乱の中間とも言える九月であったとすれば、兼載も白河氏の仲裁に加わった可能性があるのではないでしょうか。

当時、連歌は神聖なものとして崇められ、争いの絶えない世だったからこそ、戦を鎮める祈禱連歌の効が求められていたのです。

白河氏が会津へ仲裁に行くのに呼応して、兼載は何とか戦を鎮めようと会津に赴いたとも考えられます。

『園塵第四』発句の詞書には、会津に於いて詠まれたことが明らかなものが、四季を通じて収められています。

文亀三年（一五〇三）と永正二年（一五〇五）は確かに兼載の会津滞在を捉えることができますが、『園塵第四』には会津の様々な場所での発句が収められており、長期間会津に滞在し、その後の往来もあったと推察されます。しかし、会津に兼載が住した記録は残っていないのです。

それでは、住したとされる白河はどうでしょう。

白河での発句と思われるものが『園塵第四』には、「小峯匠作家にて千句連歌に人にかわりて寒草を（白河結城氏の分家小峯修理大夫朝脩《とものぶ》家での千句連歌に人に代わって寒草を）」の詞書で一句だけあります。

『園塵第三』発句にも「小峯匠作之会に」とあり、同じ人物ですが、その他、白河の所々で連歌の会が催されたことが『園塵第三』では複数の発句からわかり、『園塵第四』での発句は数が減っています。

ここで、『園塵第四』発句に顕著に見られる地名として、会津以外に下野国（現栃木県）があります。

永正元年（一五〇四）都へ上る際にも、下向する際にも、岩代国（現福島県）の会津へは、下野国を通ります。

『園塵第四』発句には、下野の日光や宇都宮、芳賀など、『園塵第三』には明記されていなかった地名が新たに登場しており、連歌の会席が重ねられていたことがわかります。

この下野国の中でも、『園塵第四』発句の詞書に、頻繁に登場するのが、蘆野です。

明応八年（一四九九）六月十八日の日付で、蘆野大和守資興が張行した連歌で兼載が発句を詠んだことは、既に述べました。（「十一、白河に住む」）

蘆野には、兼載が庵を結んだとされる所も伝えられており、江戸時代の俳人松尾芭蕉に従って奥の細道を旅した、河合曾良《かわいそら》の『曾良随行日記』にも、兼載の庵跡が記されています。

永正二年（一五〇五）九月の「葦名祈禱百韻」は、白河氏による葦名父子争乱の仲裁に、兼載も呼応してのことだったのではないかという点に戻ります。

会津での発句の多さからしても、この時期に兼載が会津に滞在していた可能性は十分あります。一方で、会津以外の地から、駆けつけた可能性も否定はできません。

白河氏の会津葦名父子仲裁に呼応する形で、兼載も駆けつけたとするなら、会津よりも白河か、その近くにいた可能性が出てきます。

この時期の発句を収めた『園塵第四』には、白河での句は一つでした。しかし白河に近い蘆野での句は増えているのです。

これらのことから、会津以外に考えられる兼載滞在の最も可能性の高い所が、蘆野だと言えるのではないでしょうか。

葦名父子争乱の知らせを受けた兼載は、白河氏と連絡を取って永正二年九月、蘆野から会津に向かったと考えられるのです。

永正二年秋、「葦名祈禱百韻」を詠んだ兼載は、翌年の永正三年（一五〇六）会津に於いて顕天に対し、『源氏物語三ヶ大事』を口伝しています。

金子金治郎著『連歌師兼載伝考』には、

於会津
耕閑軒ヨリ如此聴聞口伝了・全部無不審相残
永正三年丙寅五月十七日戌刻
顕天　在判

◎読み下し
会津に於いて　耕閑軒（兼載）より此の如く聴聞口伝を了す。全部不審無く相残す
永正三年五月十七日戌刻
顕天　在判

＊通釈
会津で兼載様より以上の如く聴聞し、伝え授けられ終えましたことをすべてつまびらかにして残します。
永正三年五月十七日夜八時頃
顕天　在判

と、その奥書が記されています。

兼載は、一条兼良《かねら》が『源氏物語』の秘事を記して子息一条冬良《ふゆら》に伝えた秘伝書『源語秘訣』を講義し、この『源氏物語三ヶ大事』を顕天に口伝しているのです。

文亀三年（一五〇三）にも顕天は会津に於いて『竹聞』を記しました。永正三年（一五〇六）までの三年間、或いはそれ以上の期間、顕天は兼載から教えを受けていたと思われます。

『源氏物語三ヶ大事』にも、『竹聞』にも、奥書には共通して「於会津」と書かれています。兼載が会津滞在時に顕天に授けたことがわかるわけですが、これらの表記により、顕天が会津の人であると考えるのは早計ではないでしょうか。むしろ「於会津」と記したことで、自らの生地や身近な場所から離れていくという印象が否めません。

「於会津」と顕天が書いた意図は、兼載の方にあったのではと想定することも不可能ではないでしょう。

『竹聞』は『竹林抄』の注釈書として重要なものでした。また兼載は、『源氏物語』の秘伝書の貴重な講義を、顕天にしているのです。

講義の意義が大きいからこそ、兼載は足跡のようにしっかりと残したかった、自らの故郷であるこの会津に……それは、会津に庵を結んで落ち着きたくても、叶わない思いの裏打ちであったのかもしれません。

顕天は、兼載の叔父である広幢の子息であり、広幢が岩城の人であったことから、顕天は必ずしも会津の人（会津に生まれ、居住している人）と断定できなくなります。会津に何らかの繋がりを持っていたか、或いは兼載の会津行きに合わせて、会津に向かったかもしれないのです。

いずれにしても顕天は、兼載がその才能を見込んで連歌の重要な注釈や古典の秘事まで伝授した、かけがえのない身内だと言えるでしょう。

# 十六、蘆　野　へ

## Ⅰ　蘆野城主の招き

永正元年（一五〇四）兼載は、上京をしました。都に上る時か下向する際に、彼は下野国（現栃木県）に多く立ち寄っていたことが、兼載句集『園塵第四』発句から見て取れます。その中でもとりわけ、蘆野の地名が目立ったことも前に述べました。

兼載句集『園塵第四』発句に「蘆野にて」の詞書で、

都おもふ心隔てぬ霞かな

＊都を思う私の心に隔てなく寄り添うように美しい、この春霞の景色ですよ、都で見ているかと思うくらいです

があります。この句は、兼載が都へ上る際に都でもこのような景色に合えるだろうという思いか、或いは都帰りの兼載が、山間にたなびく霞に都での景色を思い浮かべたか、どちらかの状況だったのでしょう。

ところで、江戸時代に建てられた、蘆野氏家臣・小林準作撰文の『愛宕山重修碑』には、「昔、連歌宗匠、猪苗代兼載は暫く東の麓に居を定め、素晴らしい景色を歌に詠んだ」と記され、兼載

が愛宕山の麓に庵を結んだことを伝えています。

「明応八年六月十八日蘆野大和守興行の連歌に」の詞書が『園塵第三』にあり、兼載は既に蘆野を訪れ、句を詠んでいました。

戦乱がなく、比較的政情の安定していた蘆野の城主資興からの招きもあり、兼載は永正元年か永正二年（一五〇五）頃から、蘆野の愛宕山の麓に庵住したと思われます。

蓮実長氏著『那須郡誌』には、「蘆野資興が構えたとされる桜ヶ城は御殿山とも呼ばれている山城で、現在も桜の名所となっている」と記されています。愛宕山は、蘆野の城・桜ヶ城から見下ろすと、すぐ目の前に位置しており、「蘆野八景」に選ばれた景勝の地です。

兼載句集『園塵第四』発句を続けると、「於蘆野千句第十山雪（蘆野千句に於ける第十山雪）」の詞書で、

すだれまく風もはづかし峯の雪
　＊すだれを巻き上げて吹く風も気恥ずかしくなるほど壮大で立派な山頂の雪景色ですよ

とあり、春霞を詠った前の句や雪景色を描く冬のこの句を見ても、相当長い蘆野滞在であったことが想像されます。

また、この句は、平安時代の『枕草子』第二七八段を本説にしていると思われるので、紹介しましょう。

雪のいと高く降りたるを、例ならず御格子まゐらせて、炭櫃《すびつ》に火をおこして、物語などしてあつまり候ふに、「少納言よ。香炉峰《かうろほう》の雪はいかならむ」と仰せらるれば、御格子上げさせて、御簾《みす》を高く上げたれば、笑はせたまふ。人々も「みなさる事は知り、歌などにさへうたへど、思ひこそよらざりつれ。なほこの宮の人にはさるべきなンめり」と言ふ。

＊通釈

雪がたいそう高く降り積もっているのを、いつもと違ってお格子戸をおろし申し上げて、角火鉢に火をおこして、私たちが話などをして中宮定子様のおそばに集まり控えている時に、（中宮様が）「少納言よ、香炉峰の雪はどんなでしょう」と仰せになるので、私は（他の者に）お格子戸を上げさせて、御簾を巻き上げたところ、中宮様は、にっこりお笑いなさいます。他の人たちも「そのような事は皆知っていて、歌などにまで詠んでいますが、本当に思いもよりませんでしたよ。やはり（あなたは）中宮様にお仕えする人としてふさわしいお方のようですね」と言ってくれました。

※典拠　『日本古典文学全集第十一巻・枕草子』（小学館）

『枕草子』のこの有名な段は、中国、中唐の詩人白居易《はくきょい》（字は楽天《らくてん》）の詩文集『白氏文集《はくしもんじゅう》』に収められた七言律詩《しちごんりっし》の一節「遺愛寺《いあいじ》の鐘は枕を欹《そばだ》てて聴き、香炉峰の雪は簾《すだれ》を撥《かか》げて看る」を背景としたものです。

それでは、兼載が詠んだ、蘆野の冬の句「すだれまく風もはづかし峯の雪」に戻りましょう。

簾を巻き上げたら、外から風が吹いてきて、遠くには雪を頂いた峯が眺められた、というこの句の優れた点は、「風もはづかし」にあります。

立派な屋敷の簾だから、巻き上げて吹き込んでくる風も優雅で心地良い、そんな雅やかな趣きまで、この「風もはづかし」は引き出して、平安時代の宮廷サロンを彷彿とさせているのではないでしょうか。

恐らく、蘆野大和守資興の桜ヶ城に招かれて詠んだのでしょう。

## Ⅱ 兼載松

江戸時代、松尾芭蕉に従って「奥の細道」を旅した、河合曾良による『曾良随行日記』（『曾良旅日記』とも）には、元禄二年（一六八九）四月二十日の日付で、兼載に関わる記述があるので、一部紹介しましょう。

　芦野ヨリ白坂ヘ三リ八丁。芦野町ハヅレ、木戸ノ外、茶ヤ松本市兵衛前ヨリ左ノ方ヘ切レ、八幡ノ大門通リ之内（十町程過テ左ノ方ニ鏡山有）。左ノ方ニ遊行柳有。其西ノ四、五丁之内ニ愛岩（宕）有。其社ノ東ノ方、畑岸ニ**玄仍**ノ松トテ有。**玄仍**之庵跡ナルノ由。

＊通釈

　芦野より白坂へ三里八丁。芦野町はずれ、木戸の外、茶屋松本市兵衛前より左の方へ曲がり、温泉神社の相殿八幡宮の大門通りの内（十町程過ぎて左の方に鏡山が有ります）左の方に遊行柳が有ります。その西の四、五丁の内には愛宕山が有り、その愛宕神社の東の方、畑岸に**兼載**の松というのがあります。**兼載**の庵跡と伝えられています。

典拠とした、『おくのほそ道付曾良旅日記』（ワイド版岩波文庫七九）の校注には「**玄仍は兼載の誤り**」とありますので、通釈には兼載と改めました。

江戸時代の河合曾良が記した日記には、兼載が愛宕山の麓に庵を結んだ跡として、「兼載の松」が書き記されていたのです。

恐らくこの時、松尾芭蕉も曾良と一緒に、愛宕山の麓の畑にたたずみ、「兼載の松」を眺めて、猪苗代兼載の偉業を讃えていたのでしょう。

永正元、二年（一五〇四、五）頃、蘆野に庵を結んだ兼載は、数年間そこに庵住したと思われます。

そのことを示唆するのが、『園塵第四』の、

心とめつよそ目ぞわかれ花の宿
蘆野を旅立つとて
＊蘆野を旅立つ際に詠みました
他人の目からは別れるように見えても、心は留めましたよ、この美しい花の咲く宿に

と詠まれた発句です。蘆野を旅立っていく兼載のこの句には、他人から見れば別離に見えても心は留めていたいと思うほど、去りがたい惜別の思いが込められています。

蘆野城主大和守資興が、兼載をいかに丁重にもてなしていたかが、容易に想像できるでしょう。蘆野での滞在が、それだけ長く、充実したものであったことを物語っているようです。

現在、「愛宕山」の麓辺りの一帯には、「兼載松」という地名があります。兼載の庵跡と記された「兼載の松」は枯れてしまっても、地名「兼載松」として残されたことで、兼載がこの地に庵住したことは、永く後世に伝えられたのではないでしょうか。

宗祇と並び称された猪苗代兼載が、当地に庵住したことを誇りに思い、後々まで顕彰しようとした蘆野の人々の、篤い志のあらわれだと言えるでしょう。

さて、「兼載松」が、兼載の庵跡で地名として現在も残っていることから、兼載は庵の側に松樹を植えたのだろうと推測されます。また、兼載の故郷小平潟にも、「兼載松」の話が伝えられているのです。

小平潟の佐藤愛二氏が記した『小平潟天満宮』には、「葦名兼載六歳の時、若松自在院に出家の折、自ら松を植えた」とあり、その松は「兼載松」と呼ばれていました。

この伝承は、蘆野でも「兼載松」を再現していたとの想像を容易にしてくれます。

蘆野には温泉もあり、愛宕山は「蘆野八景」にも選ばれた景勝の地でもありました。

数年後には、古河で中風の治療を受けるその後の経緯を考えても、兼載は体調が芳しいと言えなかったのではないでしょうか。蘆野の温泉と美しい風景が養生を促し、「兼載松」が幼い日へと追想させていたのかもしれません。

兼載の出生に関しては、生地小平潟並びに猪苗代地方に伝わる話が、柏木香久氏の『兼載のい

ろ香』に、

小平潟村主に石部丹後という者がいた。丹後には娘がいたが（一説には娘ではなく下女であったと伝える）、縁遠かったので天神様に百日間通って祈願した。或る夜あやしい人が一枝の梅花を娘に投げ与え、左のたもとに青梅の実が入ったら男の子、右のたもとに入ったら女の子が生まれると告げた。そして左のたもとに実が入った夢を見た。不思議なことにその後身重になり、十三ヶ月目に男の子が生まれた。母は天神が授けた子であるとして、幼名を梅と名付けた。

と、兼載は天神が授けた子であると記しています。

六歳まで母とともに過ごしたであろう兼載は、熱心に天神に祈願する母の背中を見て育ったに違いありません。自らも天神を尊崇し、故郷を離れても、その神を白河や岩城の自分の草庵に祀って拝み、蘆野では庵の側に植えた松を再現して、故郷へ、母へ、そして自らの原点へと立ち返っていったのではないでしょうか。

「天神」は、連歌の神でもあります。「天神の申し子」として生まれ育った兼載が、連歌界の頂点とも言える「北野連歌会所奉行」となり、晩年東国に移り住んでも、「天神」を祀って拝み続けたのです。

小平潟天神社の神域に植えたとされる「兼載松」は、小平潟の古老の談話では大戦中に枯れてしまったと言われていますが、兼載が庵を結んだ蘆野に、地名として今もなお残っていることに、深い余徳を感じないわけにはいきません。

# 十七、くつかむりにおきて

## 顕天興行に

永正四年（一五〇七）、五十六歳の兼載は、師心敬の三十三回忌に連歌を奉納します。兼載句集『園塵第四』発句には「永正四年四月十六日心敬僧都卅三回忌に経文をくつかむりにおきてさたしける連歌に（永正四年四月十六日心敬僧都の三十三回忌に経文を沓冠《くつかむり》に置いて詠みました連歌に）」という、長い詞書で、

跡遠き世をや忍び音時鳥

＊心敬が亡くなって三十二年目の今日、師心敬との日々は遠い世になってしまったのかと問うてみたくなります。夏を告げるホトトギスが初めて鳴く声がして、懐古の情が呼び起こされたのでしょうか

と詠まれています。

兼載は、この詞書に「永正四年四月十六日」と明確に記しました。

心敬が、文明七年（一四七五）四月十六日に相模大山の麓で亡くなって、三十二年目の祥月命日になります。

さらに「経文をくつかむりにおきてさたしける連歌」と詞書を続け、経文を沓冠、つまり句の

初め（冠）と終わり（沓）に一音ずつ詠み込む連歌を、この時詠んだのです。

それでは、この句は、どこで詠まれたのでしょうか。

兼載はこれまで、文明十四年（一四八二）三十一歳時の春に心敬の墓前で発句を詠んでおり（『園塵第二』）、長享元年（一四八七）四月十二日には十三回忌に「仏の御名を冠に置て」の詞書で発句を詠んでいます。（『園塵第一』）

文明十四年の春は、心敬七回忌の翌年でした。この時兼載は「心敬僧都の墓所にて」と場所を明確に記したのです。

しかし、長享元年の発句では、「文明十九年（長享元年）四月十二日心敬僧都の十三廻に仏の御名を冠に置て」と、日付は明記しても、場所は不明です。この長享元年の発句は、心敬墓所よりも都で詠まれた可能性があるとの見解を述べました。（「四、『難波田千句』」）

永正四年（一五〇七）四月十六日の心敬三十三回忌に詠まれた発句の詞書「経文をくつかむりにおきてさたしける連歌に」は、三十三回忌の日付が明記され、十三回忌の「仏の御名を冠に置て」を踏襲したような詠み方がなされています。

それでもやはり、場所はよくわかりません。

ところで『園塵第四』には、「同廿一顕天興行に（同・永正四年四月二十一日顕天興行の連歌において）」の詞書で、

みのるべき秋風ふくむ早苗哉

＊実る稲穂を揺らす秋風を含んで、今、早苗に風が吹き渡っています

と、兼載は発句を詠んでいます。

師心敬の三十三回忌からわずか五日後の四月二十一日に、顕天が連歌会を興行し、兼載はそこで発句を詠んだのです。

顕天が連歌師として、そこまで実力をつけてきたということがわかります。句の「早苗」とは、顕天を指すのでしょう。

実るべき秋風を孕んで、早苗に吹く初夏の風。その風を肌に感じながら兼載は、もうすぐやって来るであろう稲穂が垂れた秋景色に、顕天が連歌師として大成し、円熟していく、その行く末を重ねて詠んでいるのです。

兼載が詠んだこの発句は、心敬の三十三回忌から、わずか五日後でした。つまり、二つの句は、同じ場所で詠まれたのではないでしょうか。

顕天はこれまで、『竹聞』『源氏物語三ヶ大事』のいずれも奥書に「於会津」と記してきました。永正四年四月二十一日の「顕天興行」連歌会が会津で張行されたなら、やはり「於会津」と書かれても不思議はないでしょう。永正三年（一五〇六）五月に口伝を受けた『源氏物語三ヶ大事』から、既に一年近く経っています。

また、兼載は「心敬僧都の墓所にて」と詞書に記したのは文明十四年の春のみ（『園塵第一』）で、月日は詳らかにされていません。

一方で、十三回忌と三十三回忌の発句には、年月日が明らかにされていても、逆に場所は不明なのです。

これらのことから、永正四年（一五〇七）四月十六日と二十一日に兼載が詠んだ二つの発句は、「心敬の墓所」（相模大山）で詠まれた句ではなかったこと。そしてもう一つは、「於会津」でもなかったということが考えられます。

それでは、兼載はどこでこの発句二句を詠んだのか、限定することは難しいでしょう。

しかし、永正二年頃の数年間、蘆野に滞在したことを考慮すると、その蘆野か、相模を除いた関東の、いずれかの地で詠まれた可能性が出てきます。

さらに、永正三年五月に会津に於いて兼載から『源氏物語三ヶ大事』の口伝を受けた顕天が、翌年四月に連歌会を興行し、兼載に発句を詠んで頂いていることから、会津以外の所でも兼載と接している可能性が大きくなってきたのです。

「みのるべき秋風ふくむ早苗哉」と詠んだ兼載の句には、顕天の連歌師としての成長を歓ぶとともに、これからへの期待も膨らませる師としての想いが、緑の早苗をなでるような初夏の風のように、爽やかに感じられます。

永正四年四月十六日から二十一日にかけて、兼載は、従兄弟にあたる顕天と、相模以北の関東に於いて、ともに過ごしていたと推察できるのではないでしょうか。

# 十八、「八代集秀逸和歌」兼載法師真跡《しんせき》　一軸

八代集秀逸　各十首

**古今集**

花の色はうつりにけりないたづらに
○わか身世にふるながめせしまに　小野　小町
なきわたる鳫の涙や落つらん
ものおもふやどの萩のうへの露　詠み人知らず
しら露も時雨もいたくもる山は
下葉のこらず色付にけり　紀　貫之
あさぼらけ在明の月とみるまでに
○よし野の里にふれるしら雪　坂上　是則
たち別れいなばの山の峯に生る
○まつとしきかばいまかへりこむ　在原　行平
此たびはぬさもとりあへず手向山
○もみぢの錦神のまに〳〵　菅　家（菅原道真）

○あり明のつれなくみえし別より
あかつきばかりうき物はなし　　壬生　忠岑

名取川せゞの埋木あらはれば
いかにせむとかあひ見初けむ　　詠み人知らず

わくらばに問人あらばすまの浦に
もしほたれつゝわぶとこたえよ　　在原　行平

たが御祓ゆふ付鳥かから衣
龍田の山にをりはへてなく　　詠み人知らず

## 後撰集

つゝめどもかくれぬ物は夏虫の
身よりあまれるおもひ成けり　　詠み人知らず

○秋の田のかりほの庵の苫をあらみ
わが衣手は露にぬれつゝ　　天智　天皇

○しら露に風の吹しく秋のゝは
つらぬきとめぬ玉ぞ散ける　　文屋　朝康

○あき風にさそはれわたる鴈金は
物おもふ人のやどをよかなむ　　詠み人知らず

おもひ河たえずながるゝ水のあはの
うたかた人にあはできえめや　伊勢

○
あさぢふのを野のしの原忍れど
あまりてなどか人の恋しき　源等

吾妻路のさのゝ舟橋かけてのみ
おもひわたるをしる人のなき　源等

あふ事は遠山ずりのかりごろも
きてはかひなき音をのみぞなく　元良親王

さがの山みゆき絶にしせり川の
千世のふる道あとは在けり　在原行平

○
これや此行もかへるも別つゝ
しるもしらぬも相坂の関　蝉丸

○
**拾遺集**

春たつといふ許にやみよし野の
山もかすみてけさはみゆらむ　壬生忠岑

○
やへ葎しげれる宿のさびしきに
人こそみえねあきはきにけり　恵慶法師

天の原空さへ冴やわたるらん
氷とみゆる冬の夜の月　　恵慶　法師

いかにしてしばし忘れむ命だに
あらば逢世のありもこそすれ　　詠み人知らず

侘ぬればいまはたおなじなにはなる
○身をつくしてもあはむとぞ思　　元良　親王

あし引の山鳥の尾のしだりおの
○なかなかし夜をひとりかもねん　　柿本人麻呂

忘らるゝ身をば思はずちかひてし
○人の命のおしくもあるかな　　右　近

あはれともいふべき人はおもほえで
○身のいたづらになりぬべきかな　　謙徳公（藤原　伊尹）

を倉山みねの紅葉ゝ心あらば
○いま一たびのみゆきまた南　　貞信公（藤原　忠平）

かぎりあればけふぬぎ捨つ藤衣
はてなき物はなみだ成けり　　藤原　道信

## 後拾遺集

みよし野は春のけ色にかすめども
むすぼゝれたる雪のした草　　紫　式部

○榊とるう月になれば神山の
ならの葉がしはもとつはもなし　　曾禰　好忠

さびしさに宿をたち出てながむれば
いづくもおなじ秋の夕暮　　良暹　法師

○君が代はつきじとぞおもふ神風や
みもすそ川のすまむかぎりは　　源　経信

あけぬればくるゝ物とは知ながら
猶うらめしき朝ぼらけかな　　藤原　道信

○いまはたゞおもひ絶なむと許を
人づてならでいふよしもがな　　藤原　道雅

○契きなかたみに袖をしぼりつゝ
すゑの松山なみこさじとは　　清原　元輔

○恨わびほさぬ袖だにある物を
恋にくちなむ名こそおしけれ　　相　模

○あらざらむ此世のほかのおもひ出に
いまひとたびの逢事もがな　和泉　式部

○おき津風ふきにけらしな住吉の
松のしづ枝をあらふ白波　源　経信

## 金葉集

やま桜さきそめしより久かたの
雲居にみゆる瀧のしらいと　源　俊頼

夏の夜の月まつ程のうたゝねに
いはもるし水いく結しつ　藤原　基経

○夕されば門田のいな葉音づれて
あしの丸屋に秋風ぞふく　源　経信

あはぢがた（島）かよふ千鳥のなく声に
いく夜めざめぬすまの関守　源　兼昌

○ぬれ〳〵も猶かりゆかむはし鷹の
うは毛の雪をうち払ひつゝ　源　道済

おもひ草葉ずゑに結ぶ白露の
たま〳〵きてはてにもたまらず　源　俊頼

十八、「八代集秀逸和歌」兼載法師真跡　　一軸

をとに聞たかしの浜のあだ波は
○かけじや袖のぬれもこそすれ　祐子内親王家紀伊

もろともにあはれとおもへ山桜
○花よりほかにしる人もなし　僧正　行尊

もろともに苔の下には朽ずして
○うづもれぬ名をみるぞかなしき　和泉　式部

おほえ山いく野の道の遠ければ
○まだふみも見ず天のはしだて　小式部内侍

**詞華集**

しら雲とみゆるにしるしみよしの丶
幾（吉）野の山の花さかりかも　大江　匡房

いにしへのならの宮このやへ桜
○けふこ丶のへに匂ひぬるかな　伊勢　大輔

あられふるかた野のみの丶かり衣
ぬれぬ宿かす人しなければ　藤原　長能

いかでかはおもひありともしらすべき
むろのやしまのけぶりならねば　藤原　実方

瀬をはやみ岩にせかるゝたき河の
われてもすゑにあはむとぞおもふ　崇徳院

○風をいたみ岩うつ波のをのれのみ
くだけて物をおもふころかな　源　重之

○御垣もりゑ士のたく火の夜るはもえ
ひるはきえつゝ物をこそ思へ　大中臣　能宣

○よしさらばつらさは我にならひけり
たのめてこぬは誰かをしへし　清　少納言

○和田の原こぎ出でゝみれば久かたの
雲居にまよふ（まがふ）おきつしら波　藤原　忠通

○おもひかね別し野べをきてみれば
あさぢが原に秋風ぞ吹　源　道済

## 千載集

龍田姫かざしの玉のをゝよはみ
みだれにけりとみゆるしら露　藤原　清輔

てる月の旅ねの床やしもとゆふ
かづらき山の谷川の水　源　俊頼

十八、「八代集秀逸和歌」兼載法師真跡　　一軸

此世にて又あふまじきかなしさに
すゝめし人ぞ心みだれし　　西行　法師

　難波江のもにうづもるゝ玉がしは
あらはれてだに人を恋ばや　　源　俊頼

　おもへどもいはでの山に年をへて
朽やはてなむ谷の埋木　　藤原　顕輔

　いかにせむ室の八嶋に宿もがな
恋のけぶりを空にまがへむ　　藤原　俊成

　うかりける人を初瀬の山おろしよ
○はげしかれとはいのらぬ物を　　源　俊頼

　なげゝとて月やは物を思はする
○かこちがほなるわが涙かな　　西行　法師

　契をきしさせもが露を命にて
○あはれことしの秋もいぬめり　　藤原　基俊

　世中よみちこそなけれ思入
○山のおくにも鹿ぞなくなる　　藤原　俊成

# 新古今集

桜さく遠山鳥のしだり尾の
ながく〳〵し日もあかぬ色かな
後鳥羽院

あはれいかに草葉の露のこほるらん
秋風たちぬ宮城野の原
西行　法師

あきの露やたもとにいたく結らん
ながき夜あかずやどる月かな
後鳥羽院

○
きり〴〵す鳴や霜夜のさ筵に
衣かたしきひとりかもねん
藤原　良経

あきしのや外山の里や時雨るらん
生駒のたけに雲のかゝれる
西行　法師

冬がれの森の朽葉の霜のうへに
おちたる月の影のさやけさ
藤原　清輔

あけば又越ゆべき山の嶺なれや
空行月のすゑのしら雲
藤原　家隆

たちかへり又もきてみむ松嶋や
をじまのとま屋波にあらすな
藤原　俊成

十八、「八代集秀逸和歌」兼載法師真跡　一軸

袖の露もあらぬ色にぞきえかへる
うつればかはるなげきせしまに　後鳥羽院
くまもなき折しも人を思出て
こゝろと月をやつしつるかな　西行　法師

右　定家卿撰也

＊右は藤原定家卿が八代集から十首ずつ、とりわけ優れた歌を選んだものです

此一冊不顧悪筆
為嶋崎武庫　周隆
書之者也

＊この一冊は下手な字も顧みず嶋崎武庫周隆のために書いたものです

永正丁夘《ひのとう》冬至日
耕閑兼載　花押

＊永正四年（一五〇七）冬至の日、耕閑軒兼載　自身のサインである花押

奥州會津猪苗代小平潟奉

聖廟寶前
＊奥州會津猪苗代小平潟の聖廟（天満宮）
の、神の御前に奉る
安永二癸巳《みずのとみ》年六月　東都士官
（一七七三）　押田左兵衛
富教花押

※①小平潟天満宮蔵　福島県立博物館寄託の兼載筆「八代集秀逸和歌」に、角川書店『新編国歌大観第十巻』に収められた「八代集秀逸」各十首を参考にして歌人名を付した。
②○印が付いているのは「百人一首」と同じ歌、一部の異同は「百人一首」の表現を（　）にした。

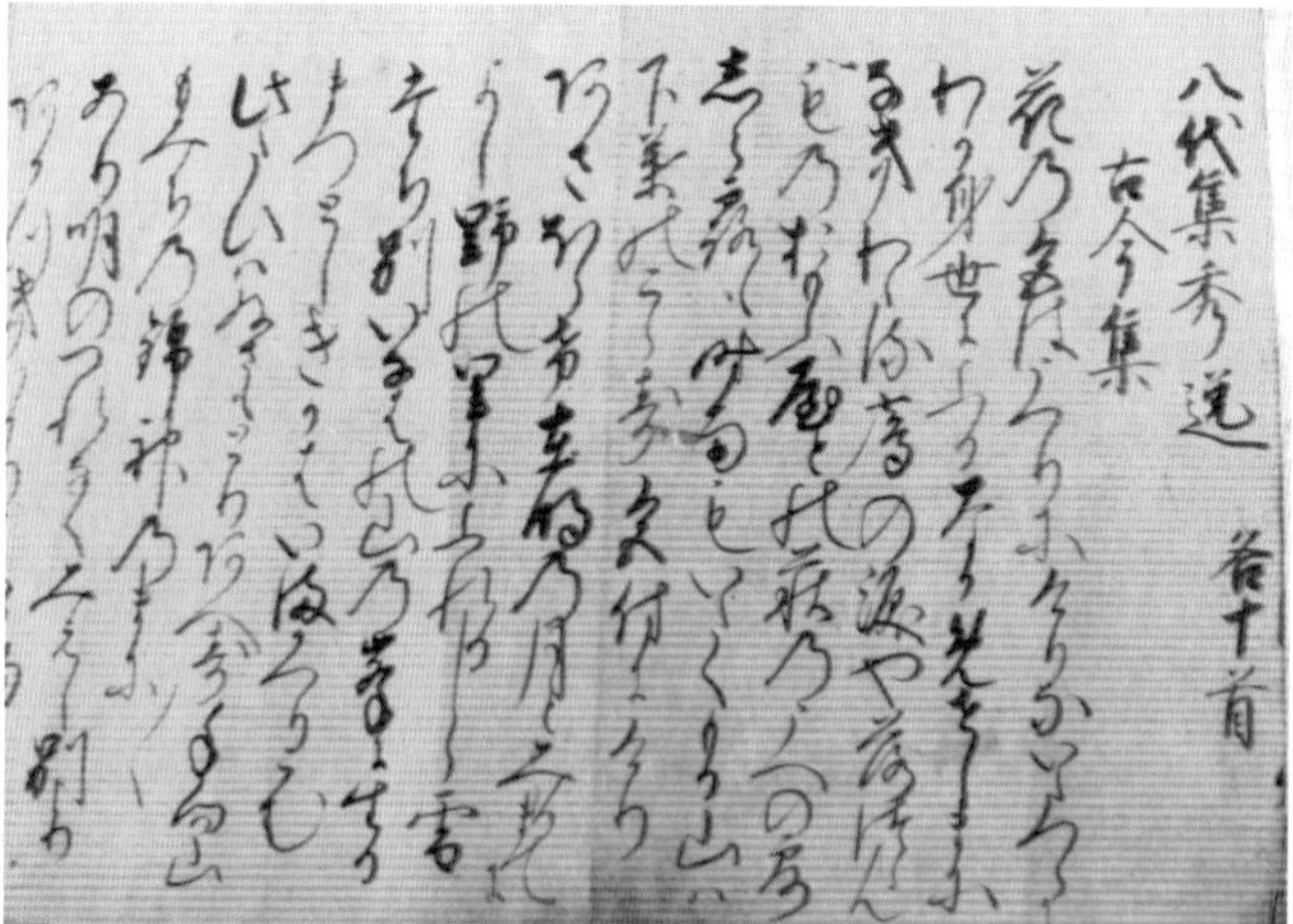

兼載筆「八代集秀逸和歌」（小平潟天満宮蔵　福島県立博物館寄託）

# 十九、兼載筆「八代集秀逸和歌」解説

## Ⅰ 「百人一首」と『八代集秀逸和歌』

『八代集秀逸和歌』の「八代集※」とは、天皇や上皇の勅命によって編纂された勅撰集である『古今和歌集』から『新古今和歌集』までの八つの歌集のことです。

※「八代集」=『古今和歌集』『後撰和歌集』『拾遺和歌集』『後拾遺和歌集』『金葉和歌集』『詞花和歌集』『千載和歌集』『新古今和歌集』

鎌倉時代の歌人藤原定家は、この「八代集」から優れた歌を十首ずつ選び、この『八代集秀逸和歌』（八十首）を編纂しました。

ここには、百人一首にも収められた歌が見られ、『八代集秀逸和歌』（八十首）中、三十六首あって、四十五パーセントも占めています。（「十八、「八代集秀逸和歌」兼載法師真跡」翻刻歌○印）

「百人一首」は現在もよく知られた、札取りの競技（遊び）でもありますが、これも藤原定家が百人の優れた歌人の歌を一首ずつ選んだとされ、京都小倉山にあった定家の山荘のふすまの色紙に百首の歌が書きつけられていたことから「小倉百人一首」とも言われています。（後人の手が加わったとされます）

「百人一首」は、『古今集』から『新古今集』までの「八代集」に加え、その後に編纂された『新勅撰集』『続後撰集』までの勅撰和歌集から選ばれた百人の、優れた歌人の歌集です。

『八代集秀逸和歌』と「百人一首」との違いは、『八代集秀逸和歌』が前述の『新勅撰集』『続後撰集』を含まない、「八代集」から優れた歌が選ばれたということと、もう一つは歌人名です。「百人一首」は百人各々からの一首という、歌人を重視したものであるのに対して、『八代集秀逸和歌』は同じ歌人の歌が複数収められているのです。

これは後者が、和歌そのものを重視したと言えるのではないでしょうか。

## Ⅱ 兼載筆「八代集秀逸和歌」が意味するもの

永正四年（一五〇七）冬至の日、兼載は嶋崎武庫周隆のために、この「八代集秀逸和歌」一軸を書き記しました。

金子金治郎著『連歌師兼載伝考』には、「嶋崎武庫周隆その人については、まだ明らかにしていないが、常陸大掾家の支流で、常陸国行方郡島崎の城主島崎家の人と思われる」と、常陸国（現茨城県の一部）の人ではないかという見解を示されています。

永正四年という年にも注目しましょう。

兼載句集『園塵第四』発句の詞書には「永正四年四月十六日心敬僧都卅三回忌に経文をくつかむりにおきて、さたしける連歌に」とあり、兼載の恩師心敬の三十三回忌に奉る連歌を詠みました。さらに「同廿一顕天興行に（同じ永正四年四月二十一日に顕天興行の連歌で詠んだ句）」と、この年の四月を示す句が続いており、二つの発句が関東で詠まれたと推察したのは、「十七、くつかむりにおきて」で述べた通りです。

嶋崎武庫なる人物が、金子氏の指摘された常陸国の人である可能性と、『園塵第四』発句の詞書に記載された年月日、永正四年四月二十日頃に関東で詠まれた可能性を勘案すると、この年の冬至日にも兼載は関東に於いて「八代集秀逸和歌」を書いたと考えられます。『八代集秀逸和歌』は前節でも述べたように、鎌倉時代の歌人藤原定家が選んだ秀歌集です。「百人一首」と重なる句も幾つか見られ、私たちにも馴染みの句が多いです。

実は、このことも兼載がこれを書き記した目的の一つではないでしょうか。

つまり、兼載は「八代集秀逸和歌」を嶋崎武庫周隆だけでなく、複数の何人かに贈っていたかもしれないということです。

印刷技術がなく、情報伝達の乏しかった室町時代にあっては、上質の紙を手に入れることさえ貴重な機会でした。同じ紙に上書きされた手紙さえ珍しくなかったのです。従って歌を広めるには、貴重な紙に記して、できるだけ多くの人に与える必要がありました。

「百人一首」を現代の私たちが鑑賞し、歌のリズムを感じながらカルタに興じることができるようになったのも、その流布に、宗祇や兼載をはじめとする連歌師たちの果たした役割は大きかったと言われています。五百年以上も昔、連歌師は文化の伝播者だったのでしょう。

一方で『古今集』の中の難解な歌や語句についての解釈を秘伝として授ける「古今伝授」を、宗祇も兼載も、それぞれ師と場所を異にして受けています。秘伝により、『古今集』以降の勅撰和歌集の解釈は希少価値となり、それに通暁した宗祇や兼載たち文化人を、世間が熱望していくのです。

永正四年、関東のどこへ行っても兼載は熱狂的に迎えられたことでしょう。

藤原定家卿撰の『八代集秀逸和歌』を、兼載は永正四年冬至日関東に於いて、嶋崎武庫周隆のために上質な料紙に筆写したと考えます。庵を結んだとされる蘆野で記された可能性も否めません。

嶋崎武庫周隆のみならず、兼載を囲んだ人々が皆、憧憬をもって見守っていたのではないでしょうか。

## Ⅲ　小平潟天満宮への奉納

兼載筆「八代集秀逸和歌」の終わりには、「奥州會津猪苗代小平潟奉聖廟寶前（奥州会津猪苗代小平潟の聖廟〈天満宮〉の神の御前に奉る）安永二年（一七七三）六月　東都士官　押田左兵衛　富教花押」と書かれています。

兼載が筆記したとされる永正四年（一五〇七）から二百六十六年を経た、江戸時代の安永二年の六月に、「八代集秀逸和歌」が、猪苗代小平潟天満宮の神前に奉納されたのです。

兼載は、猪苗代の小平潟に生まれました。母加和里が天満宮（小平潟天満宮）に祈願して子を授かり、兼載が生まれたと言われ、兼載は小平潟天神の申し子とされてきたのです。

兼載自身もこの天神を信仰し、晩年岩城に庵を結んでいた際にも庵の側に「天満宮」を祀っていました。「兼載天神」と称し、「小平潟天満宮」の分霊を祀ったとの記録があります。（「十四、宗祇の訃報」）

また、永正七年（一五一〇）六月六日に没した兼載を偲んで、今も「猪苗代の偉人を考える会」の皆様のご尽力で、毎年六月六日に小平潟天満宮参拝が続けられております。

兼載筆「八代集秀逸和歌」は、江戸時代の安永二年（一七七三）、押田左兵衛富教という人物が、兼載が亡くなったとされる六月に、兼載生誕の地小平潟の、兼載自身も厚く信仰した「小平潟天満宮」の神前に奉納した、貴重な真跡と言えるでしょう。

# 二十、子の日の松

## Ⅰ　子日のこころを

『園塵第四』に、「戊辰子日のこころを（永正五年〈一五〇八〉正月最初の子《ね》の日に長寿を祈って）」の詞書で、（永正五年は金子金治郎著『連歌師兼載伝考』に拠った）

みねの松ひくは霞の子日哉

＊峯の松に霞がたなびいています。子の日の松を引いて長寿を祈っているかのようです

の発句があります。

正月最初の子の日に、長寿を祈って引く松を「子の日の松」と言いました。詞書の「戊辰」は、永正五年の干支《えと》です。

「干支」は、例えば「子」はねずみ年とされるように、現在十二支が用いられていますが、もとは「十干《じっかん》」と「十二支《じゅうにし》」から成っていました。「甲乙丙丁戊己庚辛壬癸」の「十干」と「子丑寅卯辰巳午未申酉戌亥」の「十二支」を組み合わせた「干支」は、年月日や時刻、方位などを表していたのです。

永正五年正月、五十七歳になる兼載は、峯の松にたなびく春霞に想いを寄せて、長寿と彌栄《いやさか》を祈っていたのでしょう。

この年（永正五年）に詠まれた発句が『園塵第四』に、

永正五年七月卅日宗祇禅老七回忌六字名号を冠におきて沙汰し侍申連歌に
＊永正五年七月晦日、宗祇禅老の七回忌に「南無阿弥陀仏」の六字名号を句の初めに置いて詠み申しました連歌に

と、宗祇の七回忌に、年月日を明記した長い詞書を記して、

七年の夢路も露の一夜哉
＊宗祇が逝って七年、思えば露を置く一夜の夢路のごとく、あっという間の月日でありました

とあり、しみじみと宗祇を追悼しています。

五十七歳という老境にさしかかって、宗祇に導かれた若き日や、連歌撰集の際にぶつけた意見を受けとめてくれた、その懐の深さをかみしめ、兼載は無量の感慨に浸っているのです。

## Ⅱ　宗長との交流

駿河国《するがのくに》（現静岡県）島田に生まれた宗長は、宗祇に師事して、宗祇の旅に追従することが多く、『宗祇終焉記』を著した連歌師です。

永正六年（一五〇九）七月から約半年間旅をした宗長は、紀行文『東路《あずまじ》のつと』を著しました。時に六十二歳、兼載の四つ年上でした。

この旅は、「白河の関」へ行くのが目的だったのです。

白河は、平安時代の歌人平兼盛《たいらのかねもり》の「便りあらばいかで都へつげやらむ今日白河の関は越えぬと（つてがあるなら何とかして都の人に告げ知らせたいです、今日白河の関を越えましたと）」や、「都をば霞とともに立ちしかど秋風ぞふく白河の関（春霞のたつ頃都を旅立ちましたが、もう秋風が吹いていますよ、白河の関では）」と能因法師が和歌を詠んだ地で、宗祇や心敬、兼載らの名立たる連歌師たちも訪れた、「うたびとの憧れ」の地でした。

『東路のつと』の旅に出て一月後の、永正六年（一五〇九）八月十八日頃、宗長は上野国（現群馬県）新田庄に岩松尚純を訪ねます。

岩松尚純は、兼載の『園塵第一』から発句に名を残し、『園塵第三』の発句にも「新田礼部亭にて」と詞書にあり、兼載とも長い間交流を持った人物でした。

宗長の『東路のつと』には、（以下『新編日本古典文学全集48中世日記紀行集』伊藤敬校注・訳「東路のつと」を典拠）

上野国新田庄に礼部尚純隠遁ありて、今は静喜、かの閑居に五六日あり。連歌二たびに及べり。

＊通釈

上野国新田の庄の、礼部尚純（岩松尚純）が隠遁して、今は静喜《じょうき》と言う。彼の隠遁の閑かな住まいに五、六日滞在しました。連歌会は二度に及びました。

と、永正六年八月十八日に記しています。

静喜と名乗り、隠遁した岩松尚純の閑かな住まいが宗長は気に入ったのか、五、六日も滞在しました。記述されている、二度に及んだ連歌会が理由かもしれません。

兼載の『園塵第一』発句から登場していた岩松尚純（静喜）は、源尚純として『新撰菟玖波集』にも九句入集しています。

連歌に優れていた彼は、宗長の来訪というこの機に連歌会を二度にわたって催しました。その後も、宇都宮、壬生《みぶ》、大平と廻ってから再度訪れた宗長と、「両吟百韻」を詠んでいます。優れた連歌を詠んだ岩松尚純は、兼載・宗長の両者と親しい交流を持った人物だったのです。

宗長の『東路のつと』の旅は、八月十八日から五、六日新田庄の岩松尚純の閑居に滞在後、足利学校に立ち寄って佐野へ向かい、佐野の舘に五日ほど逗留します。そこで彼は、兼載から次のような手紙の返事を受け取るのです。

兼載、坂東道五十里ばかり隔てて、下総国《しもふさのくに》古河《こが》といふ所に、所労のことありて、江春《こうしゅん》庵《あん》とて関東の名医、その方にて療治あり。文などしてたびたび申しかはし侍り。中風にて、手ふるひ身も安からずとぞ返事はありし。

＊通釈

兼載は、坂東道《ばんどうみち》で五十里ほど離れた下総国（茨城県）古河という所に、病気のことがあって、江春庵（田代三喜《さんき》）という関東の名医の許で治療を受けています。手紙などをしたため、何度も言い交わしてやり取りをしています。彼は中風のため、手が震え、体も不自由ですとの返事がありました。

※坂東道とは坂東（関東）で使用の道のり。ここでの五十里は約三二・七キロメートル。

宗長が送った手紙の返事に兼載は「中風にて、手ふるひ身も安からず（中風で手が震え、身体も自由が利かない）」と、当時の病状を記し、その治療を江春庵という名医のもとで受けていることを明かしているのです。

これは、兼載が宗長に心を許して、胸の内を吐露した手紙だと捉えても良いのではないでしょうか。

永正六年（一五〇九）八月下旬に、宗長が兼載からの返事を受け取るまでに、「文などしてたびたび申しかはし侍り」と記しているように、頻繁に二人は「文（手紙）など」を送り合っていたことがわかります。

こうした「文など」の頻繁な交流により、次第に打ち解けて、兼載が宗長に心を開いていったのではないでしょうか。

「中風」は、脳溢血などによって神経が麻痺して、身体が思うように動かなくなる病気です。

兼載は、この時古河に滞在し、「中風」の治療を、江春庵の許で受けていたということが、宗長の記述から明らかになったのです。

『東路のつと』を続けると、佐野から壬生を訪れた宗長は、宿の主人壬生《みぶ》中務少輔綱房《なかつかさのしょうつなふさ》の案内で、歌枕の地室《むろ》の八島《やしま》を見に出かけ、そこで発句を詠んでいます。この壬生中務少輔綱房は、兼載の『園塵第四』の発句にも登場している人物です。

さらに鹿沼から日光に赴き、座禅院での連歌会で宗長は発句を詠みます。この座禅院もまた、兼載『園塵第四』発句の詞書に「座禅院にて」と記されているのです。

日光から横倉《よこくら》という人の所に宿し、閏八月の上旬になって宗長は、宇都宮に到着します。宇都宮から白河までは、わずか二日の行程。もうすぐ待望の白河へという時に、那須野での戦乱、そして頭を外にさし出せないほどの大雨が数日降り続き、鬼怒川や那珂川が洪水となってしまいました。

宗長は、白河行き断念を無念の思いで決めるのです。その時、

かつ越えて行く方にもと聞きし名の勿来やこなた白河の関

＊もう一方別に越えて行くとも聞いていた勿来の関が、こちらの道でも白河の関へ来るなと拒んでいるのでしょうか

と、白河の関へ行けなくなってしまった現実を、「勿来の関」（勿来《なこそ》）の「来てくれるな」という意に、足止めされた悔しさをこめて歌を詠みました。

「勿来の関」は、「白河の関」「念珠ヶ関」と並んで奥羽三関の一つでもあります。

白河行きの断念を決めた宗長が、その後『東路のつと』に次のように記しました。

折しも古河の江春庵、所労の人につきて、おなじ日この所への事にて、長阿脈など試みらる。余命多からぬ身ながらも、名医の面談、かつ快然の思ひなきにあらずや。

＊通釈

ちょうど折りよく、古河の江春庵が、病気の人に付き従って、白河行き断念と同じ日に、この宇都宮へ来るとのことで、ついでに私の脈をとって診て下さいました。余命が少ない身ではありますが、名医との面談は、また一方で爽快な気分でありましたよ。

宗長が白河行き断念を決めたちょうどその日、古河の江春庵（田代三喜）の診察を受けた宗長は、名医との面談に身も心も癒されているのです。

さて、宗長による八月下旬の佐野での記述を思い返してみましょう。

宗長が記した原文「文などしてたびたび申しかはし侍り」を詳しくみると、「申しかはし」は「言ひ交はし（手紙・歌などをやりとりして）」の謙譲語です。

宗長は、四歳年下の兼載に「言ひかはし」ではなく、謙譲語の「申しかはし」を遣っているのです。

謙譲語は、自らを謙遜して低めることで相手を高め敬う、敬語表現です。兼載に、四歳年上の宗長が「申しかはし」と記して敬意を払っているのは、宗祇もその才能を認めた連歌師兼載への配慮と思われます。

以上から、兼載と宗長は、永正六年以前より、手紙などを何度も送り合っていたことが十分考えられ、宗長は「申しかはし（連歌を詠み合い申し）」と記して相手を讃え、兼載は「身も安からず（身体も自由が利かない）」と心を開いて窮状を訴えていたと推察されます。

また、兼載と宗長が頻繁に手紙を送り合うことで、互いに得られる情報も多かったはずです。白河行きを目指していた宗長にとって、兼載は良き助言者だったのではないでしょうか。『東路のつと』で、宗長が連歌を詠む滞在先は、兼載の句集『園塵第四』発句の詞書と重なるところがあったのは、前述の通りです。

さらに、『園塵第四』発句には、「宇都宮」と「宇鞋（都の字の間違いか）宮にて人の所望せしに」の複数の詞書があり、兼載も宇都宮を訪れていたことがわかります。

関東の名医と記した、江春庵（田代三喜）が宇都宮を訪れることを、宗長は兼載から手紙で知ったのではないでしょうか。

白河までもう少しという宇都宮に、宗長が着いたことを兼載が知り得て、宇都宮へ赴く江春庵に伝えていたのかもしれません。

駿河国宇津山丸子《うつのやままりこ》の柴屋軒《さいおくけん》を出発して、念願の白河まで辿り着くことはできなかった宗長。地方へ行けば行くほど、北へ向かえば向かうほど、整備されていない悪路が続き、激しい気候変動による天災や争乱との遭遇、山賊の被害など、当時の旅は相当な覚悟が必要でした。だからこそ、途中で引き返すという英断も必要だったのでしょう。

多くの紀行文や日記を残している宗長は、記録癖というくらい筆まめな人でした。兼載への「文」も恐らく頻繁に送られたことでしょう。

かつて、師宗祇が『白河紀行』を著し、心敬は兼載（興俊）を伴って赴いた白河の関。その地へ宗長が憧れを抱いて旅立とうとしたのも自然なことと言えます。記録癖というくらい筆まめだった宗長は、それだけ情報収集能力にも長けていたでしょう。

白河行きを実現するために、彼は様々な情報を得る必要があったのです。

その一つとして、途中で立ち寄るべき連歌を愛好する城主や地方武士、文化人などの情報を、兼載からの返事で得ていたのではないでしょうか。

筆まめな宗長の手紙に対して、手が震えていた兼載の返事は、その都度すぐに応じられたものではなかったかもしれません。連歌師同士の「文」なら当然歌（連歌）を詠み合っていたと考えられなくもないのです。

もしそうであるなら、兼載や宗長という、当時を代表する連歌師が詠み合った連歌は、筆まめな宗長が記していたでしょうし、何らかの形で残っている可能性も期待できます。

永正六年（一五〇九）八月の頃は、兼載と宗長が最も接近していた時期とも言えるでしょう。

宗長は六十二歳（享年八十五歳）、兼載は、亡くなる前年の五十八歳でした。

# 二十一、早すぎる死

## Ⅰ　名医の治療

晩年の兼載が、古河に於いて、当時名医と謳われた江春庵田代三喜のもとで治療を受けていたことは、宗長の『東路のつと』の記述で知ることができました。永正六年（一五〇九）八月末、兼載は古河から佐野の宗長への返事の中で、自らの病状も告げていたのです。

では、いつ、どこから兼載は古河へ来ていたのでしょう。

兼載句集『園塵第四』発句には、

発句従古河被仰出に進上せし

＊発句を詠むようにと古河公方様から、ご命令がありましたので、進呈いたしました（句）

の詞書で、

さそはれて年もやひらく梅の花

＊新たな年も明け、新春に誘われたのか、梅も見事に開花しています

と詠んだ句があります。

詞書によると、「古河（公方政氏《くぼうまさうじ》）様からのご命令」で兼載が進呈したと、詠んだ経緯が記されていますが、句の「年もやひらく梅の花」から、新春の作と考えられます。「さそはれて」ひらくのが「年」や「梅の花」と新春の語を表すことで、兼載は自らも「古河（公方政氏）様」に誘われて、梅の花のように互いの交流もひらかれていくことを暗に示したのではないでしょうか。仮にそうだとして、古河公方政氏に誘われている段階だと判断すれば、まだ古河へ赴いたことにはならないでしょう。

この発句は、宗長が『東路のつと』で兼載を話題にした、永正六年の新春に詠まれたのではないでしょうか。

前年の永正五年正月には「子日のこころを」の詞書で「みねの松ひくは霞の子日哉」と発句を詠んでいましたが、長寿を祈るその句は、山の峯を眺望できる蘆野での作とは考えられても、古河での作とするには無理があると言わざるを得ません。

『園塵第四』発句を続けると、

古川に侍りし比殿中より御法楽のためとて発句可奉旨仰られしに

＊古河におりました頃、公方様より御法楽（神仏を楽しませる）のため発句を奉るようにとの仰せを受けましたので

という長い詞書があり、

松に菊おもへば冬の草木哉

＊松に菊の花は、考えてみれば冬枯れた中で生気を放つ草花や木でありましたよ

と、兼載は詠みました。

「御法楽のため」という詞書から、恐らく神前、または仏前には松や菊の花が供えられていたのでしょう。

万物凋落《ちょうらく》の季節に、いまだ咲き残っている菊の花、そして緑を変えない松の木。こうした色を変えず、寿命の長い草木を詠むことで、古川殿（古河公方政氏）を讃え、法楽にふさわしい発句としたのです。この発句が、初冬に詠まれたものだとすれば、永正六年（一五〇九）の十月頃に詠まれた可能性があります。（兼載は翌年六月に没している）

ところで、江春庵田代三喜については、『鷲宮町史』通史上巻に、詳しく、次のように書かれています。

寛正六年（一四六五）四月八日に武蔵国入間郡越生（越生町古池）で田代兼綱の子として生まれた。その祖先は屋島の戦いで源義経に従った伊豆国の住人田代信綱で、信綱八世の孫兼綱の代に武蔵に移ったという。三喜は、十五歳で京都妙心寺に入り、学問を学んで、のち下野の足利学校に入った。その後長享二年（一四八八）に二十三歳で明に渡って、十二年間滞在し李東垣《りとうえん》・朱丹渓《しゅたんけい》などの医術を学んで、明応七年（一四九八）に三十四歳で帰国したと伝える。帰国後、三喜は関東にあり、医を業としていたが、**永正六年（一五〇九）古河公方**

**足利成氏（政氏の誤りか）の招請により下総古河に住した。**それまでの医者は殆どが僧侶で、仏教の影響を強く受けており、単純で局部的な対処法が医学の中心であった。これに対して三喜の医学は、李・朱の病理論に基づくもので、あくまでも身体内外の条件によって病が起こるという事実を重視した点で画期的なものであった。後に将軍足利義輝の病を癒して重用され、京都に啓迪《けいてき》院を建てて医学教育を行い、八百人におよぶ弟子を擁したという、有名な医家曲直瀬《まなせ》道三《どうさん》は、関東に鳴り響いた田代三喜の医名を聞いてその門下に入り、弟子となって十数年三喜のもとで医術を学び、天文十四年（一五四五）三十九歳で京都に帰って還俗して医を業とした。その後、二代目道三玄朔《げんさく》、さらにはその子玄鑑《げんかん》などの活躍もあって、曲直瀬家は近代医家の主流となり広く世人に知られるところとなるが、道三に、その基本となる李・朱の病理学を教えたのはほかならぬ田代三喜であり、その意味で、三喜は日本近世医学の祖ということができよう。

この記述にもあるように田代三喜は、これまでとは違う画期的な医術を施し、その医名を聞いて彼の門下となった曲直瀬道三は、将軍足利義輝や織田信長、明智光秀の病を癒し、医学教育にも尽力していくという流れを見ても、三喜が「日本近世医学の祖」と讃えられるのは頷けます。

ここで注目したいのは、「永正六年（一五〇九）古河公方足利成氏（政氏の誤りか）の招請により下総古河に住した」ことです。

兼載も永正六年の年明けに、古河公方（足利政氏）から誘いを受けたと考えられます。

田代三喜と兼載は、古河公方からの誘いを受け、どちらが先だったかは不明にしろ、永正六年の春から秋にかけて、遅くとも宗長が『東路のつと』に記した八月の下旬までに、古河に来ていたことは間違いないでしょう。

## Ⅱ　早すぎる死

前年の正月に「子日のこころを」、峯を望める蘆野で兼載が詠んだであろうと推察したのは、前述の通りです。

兼載が庵を結んだとされる蘆野の大和守資興が構えたとされるお城は、「桜ヶ城」と呼ばれ、現在も桜の名所となっています。

古河には、渡良瀬川の土手近くに桜町という地名があります。その一角に、「史跡古河城桜門址」の石碑が建っており、碑文には、

ここは追手門より本丸に通ずる第二城門の址《あと》であり、昔、連歌師猪苗代兼載が古河公方に招かれ、このあたりに住居を与えられ、兼載が好んだ桜樹を植えたことから、桜町という名称がつけられ、この城門の名前にまで及んだと言われる

という内容が書かれています。

古河公方政氏に誘われ、兼載は、永正六年（一五〇九）の春には与えられた住居に桜を植えて、花を愛で、川のほとりに佇んで、広がりゆく春景色を満喫していたのでしょう。翌年の春も、江春庵田代三喜の治療を受けていた兼載は、不自由な身体を支えてもらいながら、笑みをたたえて桜を仰いでいた様が、容易に想像されます。

永正六年春、兼載はそれまで滞在していた蘆野を旅立ち、誘われた古河公方足利政氏の許を訪れて与えられた住居に桜樹を植え、関東の名医江春庵田代三喜の治療を受けながら、八月の秋、宗長に手紙の返事を送ったのではないでしょうか。

蘆野には、蘆野温泉があります。一般に体調を崩した場合、当時は温泉治療が主でした。宗祇も文亀二年（一五〇二）の最期の年は、二月に草津温泉、四月に伊香保、そして七月末、箱根で終焉を迎えるのですが、温泉逗留が目立っていました。

『園塵第四』発句には、会津での詞書も多数見られるので、永正五、六年頃に、兼載が会津に立ち寄った可能性は否定できませんが、この時期の会津滞在を示す有力な史料が見つかっていないのも事実です。

兼載が蘆野を旅立ち、古河へ赴いたとして、その動機は古河公方政氏の誘いがあったからでしょう。

しかし、それ以上に兼載の心を動かしたのは、江春庵田代三喜による、当時としては画期的な医術だったのではないでしょうか。

古河公方政氏も、連歌師兼載を迎えようとして、江春庵田代三喜を古河へと招いた可能性さえあるのです。

「関東の名医」と言われた田代三喜を古河へ招くことで、連歌界の宗匠にのぼりつめた兼載を迎えるお膳立てを公方政氏が整えたと考えられなくもありません。

古河での二度目の春、川の土手近くの住まいから兼載は、散りゆく花びらの運命のごとく自らの死期が迫っているとも知らずに、桜樹の花を飽くことなく眺め続けていたのでしょう。

永正七年（一五一〇）名医田代三喜の治療を受けつつも、六月六日、兼載は五十九歳で、この世を去りました。

兼載が亡くなって数年後、宗祇・宗長とともに「水無瀬三吟百韻《みなせさんぎん》」を吟じた肖柏が、兼載追善の発句を詠んでいます。

金子金治郎著『連歌師兼載伝考』には、肖柏自註も一緒に次のように記されています。

兼載法橋追善、名号連歌に
　名たゝるもふるや夢の世玉霰
なたゝるは名誉ある人の心也。名をえたる人も、玉霰のふりて消るごとく、夢の間也と、観念のこころにや、たまあられを魂によそへていへるにや。
＊兼載法橋《ほっきょう》のめい福を祈って、追善供養に詠む名号連歌に
　連歌師の名声を得ても兼載は玉霰が降って消えるように夢のようなはかない此の世を去ってしまいました
「なたゝる」は名誉ある人という意味です。名声を得た人も、玉霰が降って消えてゆくように、夢のようなはかない人生なのだと仏の真理を表しているのではないでしょうか。玉霰を魂になぞらえて言っているのでしょう。

詞書の「法橋」は、「法印」「法眼《ほうげん》」に次ぐ僧位で、兼載の僧位を表しています。「名号連歌」は、

追善のために、仏の名号を句の頭に置いた冠字連歌《かむりじれんが》のことです。

若くして名を馳せ、連歌界の宗匠に就いた兼載は、玉霰が降って消えるように、鮮烈な光芒を描いてこの世を去りました。

あまりにも早い死だったからこそ、肖柏は、「玉霰のふりて消るごとく、夢の間也」と兼載の華々しい人生を、霰が降って消えてしまう、短い夢のようだったと嘆いたのでしょう。

満福寺　兼載墓

兼載の師匠であった心敬は、相模大山の麓に七十歳で没し、宗祇は八十二歳の生涯を箱根湯本で閉じました。

兼載は、この二人に見出されて、伯楽の一顧を得たと言っても過言ではありません。

心敬と宗祇、この巨星と同じくらいに輝きを放っていた兼載という連歌のスターは、五十九歳という短い人生に幕を下ろしたのです。

永正七年（一五一〇）六月六日に身罷った兼載の亡骸は、満福寺に納められ、その遺言により墓の印に桜の木が植えられました。

栃木県下都賀郡野木町野渡にある西光山満福寺は、渡良瀬川を境に埼玉県と茨城県の三県が隣接した所にあり、古河市にも近いお寺です。

古河の住居に桜樹を植えた兼載は、自らのお墓にも桜を植えるようにと遺言をのこしていました。

『古河志』には、「満福寺に、連歌師兼載の墳、桜一株あり。匂桜と云う」と記され、『下野国誌』に「兼載桜」と称されたこの桜の樹木は朽ち果て、今はありません。

連歌という中世文芸の絶頂期に、連歌界の頭領となり、様々の偉業を残しながら、惜しまれつつ亡くなった兼載。彼は桜を愛し、死後も花の下で安らかに眠り、桜樹が朽ちてもなお「兼載桜」という名称の中に、桜とともに在り続けているのです。

# 二十二、あとを継ぐひと

## I　広幢の子息

広幢は、兼載の叔父にあたる人物です。

『広幢句集』三巻は、行助・宗祇・兼載から批点《ひてん》を受けており、当時広幢が相当力量を持つ連歌師であったことがわかります。(「二、叔父広幢」)

岩城出身の広幢には、兼純という子息がおり、兼純が父広幢の詠草類を整理して編集したのが『広幢句集』三巻です。

また兼純は、晩年の兼載の側で和歌や連歌について聞き書きした『兼載雑談』を著し、兼載の後継者として連歌師猪苗代家の家系を継承していきました。

ところで、広幢は歌を正徹に学んでいます。心敬も和歌を正徹に学んでおり、応仁元年(一四六七)関東に下向して品川に庵を結んだ後、その縁もあってか、広幢としばしば交流がありました。

酒井茂幸氏の「『広幢集』考」に、

心敬僧都ともなひたてまつりて関東に月日を送りて、奥州へくだり侍りし時、心敬僧都よりたまはりし

君いなばなを老が身は敷島の道に袖ひく人やなからん(二九七)

歌意は、君（広幢）が行ってしまったら、老いた私（心敬）の身には、和歌の道に引き留めてくれる人がいなくなってしまうであろう、である。ここで注目されるのは、「敷島の道」（歌の道、歌道）がクローズアップされていることである。別れの挨拶として相手に敬意を評したと解釈しても、心敬にとって広幢は和歌の道の人であり、少なくとも、教導を請い得る人物であったことを窺知《きち》させる。

と、記されています。

この詞書と歌から、広幢は心敬とともに関東に滞在して月日を送り、広幢が岩城（奥州）へ帰ろうとするのを、心敬は留めようとしており、両者の絆の深さがわかります。

心敬はこの歌で「老が身」と自分を詠んでいます。広幢をとても信頼し、離れてしまう心細さまで伝わってきます。

和歌に於いては同じ「正徹門」だった二人ですが、だからと言って同世代とは限りません。心敬が自らを老いた身と詠むことで、逆に両者の年齢の隔たりを表しているのではないでしょうか。

その心敬に、広幢は当時会津にいた甥の兼載を引き合わせます。（「二、叔父広幢」）

広幢は、兼載の素晴らしい歌の才能を見抜き、それを心敬のもとで伸ばしてやりたいと願ったに違いありません。応仁二年（一四六八）に、兼載は品川の庵を訪ねて心敬を師と仰ぎ、連歌を学ぶことになるのです。兼載十七歳、心敬は六十三歳でした。

酒井茂幸氏の「『広幢集』考」を続けると、『広幢集』の中の二五五番歌として次の和歌が紹介されています。

**ななそぢにちか**のうらはのもくづのみかく塩がまのあまよいつまで

＊七十近くの、浦波の藻屑だけかき分け海水を釜で煮詰めて塩を作る塩釜の海士よ、もう高齢ゆえいつまでつづけますか

この「**ななそぢにちか**」（当時明応七年〈一四九八〉）について酒井氏は、広幢の年齢を六十代後半から七十歳前後と広く解釈し、彼の生年を永享二年（一四三〇）から永享五年（一四三三）と推察しています。

没年についても酒井氏は同『広幢集』の「平由隆事ありて……」を詞書とする二九一～二九五番歌を、永正十二年（一五一五）の足利政氏・高基の合戦への参陣、敗北を踏まえた詠と仮定し、それまでは生存していたと論考を加えています。

酒井氏の「『広幢集』考」より広幢の生没年が示唆され、永享二～五に生まれ、七十歳から八十歳を越えた頃（永正十二年）まで生きていたのではないかとされたのです。

心敬が亡くなったのは文明七年（一四七五）、七十歳でした。その時兼載は二十四歳。兼載が五十九歳で没したのは永正七年（一五一〇）です。

その五年後の永正十二年頃まで生きていたとされる広幢は、七十歳から八十歳を越えていた（前述酒井氏の示唆）として、その年（一五一五）に息子兼純は上京して、連歌師として活躍します。

（三条西実隆『再昌草《さいしょうそう》』）

八年後の大永三年（一五二三）に兼純は、後継者長珊《ちょうさん》を伴って上京していますので、その頃

五十代だと仮定してみます。

少し強引かもしれませんが、遡って兼純が父を亡くした頃（永正十二年頃）が四十代半ばだということになります。これらから広幢は心敬より凡そ二十五歳以上若く、兼載より二十歳以上年上であり、その子兼純は兼載より約二十歳年下だという推測が成り立ってきます。

広幢の子、兼純は『兼載雑談』を著し、晩年の猪苗代兼載と深く関わった人物です。

文亀二年（一五〇二）頃兼載が岩城に草庵を結んでいたことは、宗長の『宗祇終焉記』にも記され、兼載の岩城草庵時代に兼純が『兼載雑談』を筆録した可能性が指摘されていました。（金子金治郎著『連歌師兼載伝考』）

しかし翌年の文亀三年（一五〇三）には会津に赴き、その後蘆野に庵を結んだりして、永正七年（一五一〇）に古河に没した兼載の足跡を辿れば、岩城滞在（庵住）はそれほど長期間とは考えにくいことになります。

和歌や連歌に関する故実や逸話などが雑載され、二百六十四条が一つ書きになっている『兼載雑談』は、その内容の多さから見ても、兼載の言葉を少しでも残そうとする筆者兼純の意思が読み取れます。その思いは、兼載の身体の衰えと無関係ではなかったでしょう。

兼載が岩城に草庵を結んでいた文亀二年頃から永正七年に古河で没するまで、兼純は聞き書きを続けていたのではないでしょうか。兼載晩年の殆どの時期を、兼純が傍に付き従った可能性があるのです。

Ⅱ　顕天と兼純

兼載は文亀三年（一五〇三）会津黒川（現会津若松市）に於いて、宗祇の『竹林抄』に注釈を加えて講義をしました。同七月十五日の日付で、顕天がそれを聴聞し終えたと記して『竹聞』を残しています。

文亀二年（一五〇二）に宗祇が亡くなった、その翌年（文亀三年）に兼載は『竹林抄』の注釈を加えながら顕天に講義をしているのです。前年、箱根湯本で客死した宗祇の訃報に接し、岩城から駆けつけ追悼の長歌を詠んだ兼載にとって、この『竹林抄』の講義は重い意味を持っていたはずです。

永正三年（一五〇六）五月にも兼載は顕天に対し、一条兼良の『源語秘訣』を講じ、『源氏物語三ヶ大事』を口伝しています。（「十五、『竹聞』）

また兼載の句集『園塵第四』発句の詞書には、「（永正四年四月）同廿一日顕天興行に」とあり、この時既に顕天が連歌会を張行する力を持った連歌師になっていたことがわかります。（「十七、くつかむりにおきて）

酒井茂幸氏の「『広幢集』考」には、「広幢の息は、兼純が有名であるが、一方、顕天が広幢の実子であることが『広幢集』により新たに判明した」とあり、顕天もまた、広幢の子であったとされています。

そうなると広幢には、兼純と顕天という二人の子がいたことになります。

さらに兼純も顕天も、猪苗代兼載と深く関わり、兼載の薫陶を受けて連歌師として成長していくのです。

文亀三年七月十五日に顕天は会津黒川に於いて兼載からの講義を聴聞し終えたと『竹聞』の奥書に記したことは前に述べました。

永正三年五月十七日にも顕天は『源氏物語三ヶ大事』の口伝を受けています。(「十五、『竹聞』」)

翌年の四月二十一日に「顕天興行」として『園塵第四』の詞書に記され、兼載と接した月日が明記されています。

一方、兼純の『兼載雑談』は、前述の通り、兼載が岩城に草庵を結んでいた文亀二年(一五〇二)頃から、永正七年(一五一〇)古河で没するまで、兼載からの聞き書きを兼純がまとめたものではないかと考えられます。

その間に顕天が会津に於いて兼載からの講義や口伝を受けており、こちらは対照的に時間と場所が特定されているのです。

永正四年(一五〇七)四月二十一日「顕天興行」の連歌は、関東で詠まれたのではないかと前に述べました(「十七、くつかむりにおきて」)。兼純が『兼載雑談』を聞き書きしていると思われる約九年(兼載岩城庵住文亀二年から兼載没永正七年)という長期間を背景に、顕天が兼載と接した時間と空間は明確に記され、何本かの太い杭のようにくっきりと見えてきます。

ところが兼載没後、連歌師顕天の記録は殆どなく、一方の兼純は数度都に上って、連歌のみならず和歌や物語の、当代一流の専門家の門弟になっているのです。

当時、相当程度の素地や素養がなければ都の専門家が応じるはずはありません。晩年の兼載の側に付き従って『兼載雑談』を聞き書きした兼純であれば十分にその力量はあったでしょう。連歌に於いて『竹林抄』の講義を兼載より聴聞し『竹聞』を残した顕天は、『源氏物語三ヶ大事』の口伝も受けています。あの兼載が顕天のために講義や口伝を行ったのは、師心敬へと導いてくれた叔父広幢への恩に報いることも動機の一つだったでしょう。しかし、それ以上に顕天の優れた歌才に兼載が期待したからではないでしょうか。

兼載が亡くなって五年後の永正十二年（一五一五）、三条西実隆の歌日記『再昌草』には、十一月十一日宗長を迎えての連歌・和歌会に、兼純の参加が記されています。

またこの頃冷泉為広《れいぜいためひろ》に入門して、兼純は和歌を学んでいることも酒井氏の「『広幢集』考」には記され、同氏の論考を続けると、大永三年（一五二三）三条西実隆の『実隆公記』八月二十日の条に、後継者長珊を伴って兼純が実隆邸を訪れ、『源氏物語』の受講を申し入れたと述べているのです。

翌大永四年五月九日には実隆邸に於いて兼純張行の三十首続歌《つぎうた》が行われ、同十一日には、兼純が岩城へ帰る餞別の歌を詠んで、実隆は別れを惜しんでいます。（『再昌草』）

上洛した兼純の目的の一つが『源氏物語』の学殖を深めることであり、その専門家である公家の三条西実隆との親交を深めていたこともわかります。

兼載、広幢ともに没し、猪苗代家を継承していかなければならない境遇にあった兼純は、岩城に拠点をおいて度々京都を往復し、一流の専門家の門弟となり、伊達家の庇護を受けながら、後継者長珊へと引き継いで、兼如《けんにょ》や兼与《けんよ》へと続く連歌の道の学統を伝える基礎を築き上げていったのです。

広幢の子、兼純と顕天。両者とも猪苗代兼載と深く関わり、兼載の聞き書きをした人物ですが、顕天は兼載没後その名が史料に登場することはありませんでした。

それでは、兼載が亡くなった頃に、顕天もまた死去してしまったのでしょうか。

上野白浜子著『猪苗代兼載伝』には、「兼載の後裔といわれる法橋三橋**兼也**は会津に来遊して会津暦を創案した。僧名を**顕阿**という。蒲生忠郷公の連歌師となったが、寛永四年蒲生家断絶して都に帰り伊達政宗に仕えた。会津の連歌壇に尽した人である。兼也は摂政二条公に源氏物語を講義してあった。(『新編会津風土記』)」とあり、兼載の後裔とされる兼也の法名が**顕阿**であったこと、そして摂政二条公に源氏物語を講義するほどの人物であったことを記しています。

兼載の後裔として、**兼純**→**長珊**→**宗悦**→**兼如**→**兼与**→**兼説**→**兼寿**と代々続き、猪苗代家は、江戸時代には仙台藩伊達家に召し抱えられていた連歌師の名家でした。

この系譜について、「兼載を祖とする猪苗代家の兼説が七代となる前に、兼与の弟子兼也《けんや》が家督を相続していた。兼也は寛永十五年の正月までその生存が確認できるので、兼与没後の約五年間は兼也が猪苗代家当主であったといえよう」(綿貫豊昭著『猪苗代兼柳とその周辺』)という記載があります。

つまり兼与の跡を継いだ七代目として**兼也**が猪苗代家を継いでいたというのです。

兼也の法名が**顕阿**だったという記載を考慮すると、兼載の後継者兼純の法名も「顕」が頭についていた可能性は否定できません。連歌師の名歌猪苗代家の当主が代々その名に「兼」を付けたように、法名に「顕」が付いていたとの想像は全く見当外れではなくなってきたのです。

それでは、兼純の法名が「顕天」だったのではないかという仮説を立てて、兼載の側から述べてみましょう。

兼載が文亀二年（一五〇二）叔父広幢のいる岩城に庵住していたのは、宗長の『宗祇終焉記』に記されていました。その際広幢の子息顕天の才を見込んで自らの傍に付き従わせて、会津にも同行させたのではないでしょうか。

これは恐らく兼載自身が十代の後半に、叔父広幢に連れられて品川の心敬の弟子に入門させてもらったという、広幢へも恩返しもあったのでしょう。

また、宗祇が亡くなった直後だからこそ『竹林抄』を故郷会津で兼載は顕彰したかった、それを顕天が熱心に聴聞して『竹聞』を記したと考えられるのです。

永正三年（一五〇六）には会津で『源氏物語三ヶ大事』を顕天に口伝、翌永正四年（一五〇七）顕天興行の連歌会で兼載は発句を詠んでいます（『園塵第四』）。その間、兼載の口述を顕天はつぶさに記していたのではないでしょうか。

そして兼載は顕天の学ぶ姿勢や連歌師としての実力を評価して、自らの名を与え「兼純」とした、故に兼載没までの長い期間に渡ってまとめられた『兼載雑談』が兼純筆になった、そういう筋書きも成り立つのです。

もしも顕天と兼純が別人であったなら、兼載・広幢没後の猪苗代家を継承していった兼純の立場を考えると、顕天は兼純の弟という可能性が大きくなります。

逆に顕天の方が兄だったとも仮定できますが、その場合、顕天は永正四年（『園塵第四』の詞書）

以降の記録がないので、その頃に亡くなっていたか、連歌師としての活動の足跡をそれ以後は残さなかったかの、どちらかでしょう。

しかし兼載から連歌や『源氏物語』に関してあれほどの薫陶を受けた顕天が、その後連歌師としての活動を容易に捨て去るとは思えません。

むしろ兼載・広幢没後に都へ上って連歌師として活躍し、大永四年（一五二四）三条西実隆から『源氏物語』の講釈を受けている兼純に、その後の顕天を重ねる方が自然なのではないでしょうか。

これまでの史料には（調べきっていないことは否めません）永正四年『園塵第四』の詞書に顕天が記されるまで兼純という名は見当たらず、兼載没後の永正十二年以降兼純は、連歌師としての活躍が都の公家によって明記されているのです。逆に、この頃からの顕天の名は確認できません。

すなわち、顕天と兼純が同時期に活躍した記録がないのです。

広幢の子息として晩年の兼載に付き従い、連歌師としての在り方やその連歌論を聞き書きしながら、『竹聞』を聴聞し、『源氏物語』に関する口伝を受けて兼載句集『園塵第四』にもその名を記された顕天は、兼載の後継者として「兼純」と改名し、兼載の偉業を伝えた人物と考えるのは果たして早計でしょうか。

## 二十三、兼載と野口英世

世界的医聖・野口英世は、猪苗代が生んだ、我が国を代表する偉人の一人です。

貧しい農家に生まれ、一歳半の時に囲炉裏に落ちて左手に大火傷を負った英世は、その身体的ハンデをばねに変えて勉学に励み、様々な知遇を得て医学の高みを目指して行きました。

明治九年（一八七六）十一月九日、福島県三ツ和村三城潟《さんじょうがた》（現福島県耶麻郡猪苗代町大字三ツ和字三城潟）という湖の側《そば》に英世が生まれます。猪苗代湖には山潟と小平潟、そして三城潟の三つの潟があり、小平潟は兼載の生地でした。

信心深く、働き者の母シカに対して、父佐代助《さよすけ》は、酒好きの浪費家とされてきました。しかし、平成十六年（二〇〇四）に野口英世が千円札の顔になった頃から、彼にまつわる伝記もより詳細に、これまでとは違う見方がなされるようになります。実は、この佐代助こそ、野口英世と兼載を結ぶ重要な人物であったのです。

野口英世の父佐代助は、耶麻郡中小松村（現猪苗代町小平潟）小桧山惣平《こびやまそうへい》の長男として、嘉永四年（一八五一）に生まれました。

明治五年（一八七二）小桧山家と野口家との縁談がまとまり、佐代助は野口シカに婿入りをします。

小桧山六郎著『医聖野口英世を育てた人々』には、「佐代助が生まれた小桧山家は室町時代の連歌師・猪苗代兼載と同じ紋所を持つ佐藤家の分家にあたり、佐代助には兼載の血が流れている」と、記されています。

家紋で家系がわかるとも言われており、この記載は、兼載と野口英世とを繋ぐものとして注目すべきではないでしょうか。

また、北篤著『正伝野口英世』に、「小桧山家は代々学者組と呼ばれる優秀な家系で、この家から出た役場の戸籍係をした人は、一村全体の戸籍をすべて暗記していたほどの驚くべき記憶力だった」と述べられ、さらに英世の母シカは、夫佐代助のことを「おとっつあは、天神さまを背負ってきたんだべ」と、英世の頭の良さは夫に似ていると喩えたそうです。

野口佐代助実家跡

英世の恩師であった小林栄氏は、その著『博士の父』で、佐代助について、

> 多くの人は、父が酒飲みで家人に難儀をさせたことを悪く言うが、それではあまりにも気の毒だと思う。父は決して悪い人ではない。まことにさっぱりとした良い人で無邪気な人である。その体は小作りで、博士は父に似ていると思う。手先の器用な人で、農業などしても巧者な人で

あった。感心なことに、博士の自慢話は少しもしたことがない。それに月に一度は必ず自分の生まれた村にある小平潟天満宮に参拝して、博士の成功を祈っていた。

と、記しているのです。

これらのことから、野口英世は小桧山家の優秀な頭脳を受け継いだとも考えられ、さらに佐代助は小平潟天満宮に参拝して英世の成功を祈願していた事実も見えてきました。

一歳半の時、囲炉裏に落ちて火傷を負った英世の左手は、四指が癒着し、幼い頃は周りから「てんぼう」とからかわれます。この不幸は、後の世界的医聖への発奮を動機づける大きな要因となったのです。

猪苗代兼載もまた、少年の頃、諏方社の月次連歌会に臨むのを嫉み阻まれ、誤って折られた指から志を立てた「兼載の一指憤」の話が思い起こされます。

英世と兼載はともに自らに襲いかかった不運を、後の大成へと飛躍するバネに変えたという点で重なりはしないでしょうか。

兼載が生まれたとされる猪苗代町小平潟では、興味深い話が伝わっています。野口英世は、実は小平潟で生まれ、兼載の生まれ変わりだ、と言うのです。

当時、英世の母シカは小平潟へ女中奉公に来ていました。父佐代助も、実家のある小平潟には頻繁に帰省をしていたのです。

稲の収穫も終えた十一月、数件が集まり、豆腐をつくるのが毎年の恒例になっていました。新しく収穫した大豆をひいて、にがりを入れた手作りの豆腐を、皆で分け合うのです。

そこに加わっていた佐代助を迎えに、臨月のお腹を抱えたシカが小平潟へやって来ます。産気づいたシカに、周囲はお産婆さんを呼び、豆腐作りをしていた上田家で、英世は生まれたとされているのです。

詳らかな内容でもあり、野口英世が明治九年（一八七六）十一月に、兼載の生地である小平潟に生まれたという言い伝えも、あながち否定はできないでしょう。

兼載の母加和里と野口英世の母シカは二人とも信仰が厚かったことでも有名です。

アメリカにいる息子英世の帰国を願い、野口シカは、囲炉裏の灰に指で字の練習をして、手紙を書きます。

明治四十五年（一九一二）一月二十三日付で、アメリカのロックフェラー研究所の息子宛に送った手紙を紹介しましょう。（一部抜粋）

おまイの。しせ（出世）にわ。みなたまけ（驚き）ました。わたくしもよろこんでをりまする。なかた（中田）のかんのんさまに。さまにねん（毎年）。よこもり（夜篭もり）を。いたしました。べん京なぼでも（勉強いくらしても）きりかない。……にし（西）さむいてわ。おかみ（拝み）。ひかし（東）さむいてわおかみ。しております。きた（北）さむいてはおかみおります。みなみ（南）たむいてわおかんでおりまする。……はやくきてくだされ。いつくるトおせて（教えて）くだされ。これのへんちちまちて（返事を待って）をりまする。ねてもねむれません

野口シカは、会津の中田観音を信仰していました。中田観音は、長わずらいをしないで往生で

きるよう祈願する会津ころり三観音の一つで、会津三十三観音第三十番札所となっています。

シカは、旧暦七月九日の縁日には終生「夜篭もり」をしたと言われています。どんなに働くのに忙しくても、彼女は一日たりとも観音像の前に額ずくのを欠かしたことはなかったそうです。ある日、観音像の前で祈願していると、一日の疲れからどうしても瞼が重くなってしまうというので、雑草の茎を弓なりにして瞼を持ち上げ、一途に合掌していたとも伝えられています。

この敬虔な母の祈りは、兼載の母加和里の伝説にも、そのまま当てはまるのではないでしょうか。

兼載の母加和里は、小平潟で熱心に天神祈願をして兼載を産んだことが、柏木香久著『兼載のいろ香』に記されていることは既に述べました。（「十六、蘆野へ」）

加和里はその後「加和里御前」と称せられ、小平潟にその墓があります。

『福島県耶麻郡誌』には、

旧碑は、長享元年（一四八七）九月六日小平潟天満宮禰宜神道明、村民とはかり加和里の碑を建てる。寛永二十年（一六四三）保科正之がその霊を祀り、当村八幡神社の相殿とし、加和里御前と称する。安政五年（一八五八）今の碑石に建て替える。

と記載され、現在、小平潟集落の東入口、佐藤氏屋敷近くの桜樹の側に建っています。

墓石には「加和里の墓」と彫られ、左下に「兼載母」と刻まれており、裏に「安政五戊午年（一八五八）渡邉篤立」と、江戸時代末期に渡邉篤なる人物がこの碑石を建てたことが記されています。

桜を愛した兼載は、自らの墓の側に桜を植えるようにと遺言をのこし、兼載の墓には「匂桜」と呼ばれた花が咲きました。兼載の母、加和里の墓にもやはり桜の木が立っているのです。野口英世の生家には「志を得ざれば再び此地を踏まず」と、不退転の決意を英世が自ら刻んだ柱が残っています。

兼載もまた、六歳で故郷を出る時に将来を祈願して自ら植えた「兼載松」が伝えられています。兼載と野口英世、時代を経ても、いくつかの運命が不思議と重なって見えてくる二人の偉人。猪苗代兼載から繋がったと思われる家系が英世の父佐代助まで受け継がれ、野口英世が生まれました。

兼載が生まれたとされる小平潟が、野口英世の生地だったという伝承も考慮すると、小平潟天満宮の霊験と捉えたくなるほど、二人の不思議な縁を感じざるを得ません。

# あとがき

平成二十一年（二〇〇九）六月六日、小平潟天満宮に於いて、猪苗代兼載翁五〇〇年遠忌の記念祭が挙行されました。

翌平成二十二年には、小平潟天神社の神域入口の大鳥居脇に、兼載の句碑が建立されました。兼載句集『園塵第四』発句に、「於猪苗代」の詞書で、

　　山は雪海は氷をかゞみ哉

　＊雪化粧した磐梯山を望む晴天の今日、岸辺が氷った湖面に波はなく、白い山の景色を映す
　　鏡となっていますよ

と詠まれた句です。

猪苗代地方は雪が多く、寒さの厳しい冬を迎えます。鉛色の雲に覆われた日々が続くなか、快晴になると自然は飛びきりの美しさを見せてくれるのです。

兼載は晩年、会津に帰郷しています。この句は、生地小平潟へ帰り、冬期の猪苗代湖畔に立って詠んだのでしょう。

めったに顔を見せなかった太陽が、晴れ渡った青空の下に風景をくっきりと浮かび上がらせていました。波のない湖は鏡のように周囲の景色を映し出し、とりわけ雪化粧した山が湖面に白く

浮かんで、清澄な美しい世界が広がっていたのです。陽光が降り注いで、湖岸に張った氷は銀白色に透けていました。

句中にはない「光」が、「かゞみ」の語によって、射し込んできたのです。

平成二十四年（二〇一二）十一月二十四日に、連歌研究の第一人者である奥田勲先生による「猪苗代兼載―故郷と詩」と題された記念講演会が開催されました。また、上野邦男氏と筆者共編の『猪苗代兼載連歌集』も、刊行されました。

「山は雪海は氷をかゞみ哉」の句碑

こうした歴史的記念行事に携わることができて、大変光栄に存じますとともに、多くの方々の献身的なご尽力に感謝申し上げます。
本書の上梓にあたり、歴史春秋社の植村圭子様には大変お世話になりました。記して謝意を表します。

兼載の優れた句を味わいながら、彼が何を見て、何に感動を覚えたのか。日本の伝統的な歌詠みの魂を受け継ぎながら新鮮な息吹も吸い込んで、室町時代を代表する連歌師として輝き続けた、その折々の心情を少しでも酌んで頂けましたら、望外の喜びです。

《参考文献》

『猪苗代兼載連歌集』　猪苗代町小平潟区猪苗代兼載の里づくり活性化事業実行委員会　平成二十四年発行
『人物叢書　宗祇』　奥田勲著　吉川弘文館　平成十年発行
『白河市史・第十巻』　福島県白河市発行　平成四年発行
『連歌師兼載伝考』　金子金治郎著　桜楓社　昭和五十二年発行
『兼載連歌論の形成』　大村敦子著　『連歌俳諧研究八六号』　一九九四年
国際日本文化研究センターのデータベースより「難波田千句」＝連歌、永禄以前の連歌作品のすべてと、永禄以後幕末までの主要な連歌作品を収蔵。データはすべて当時奈良工業高等専門学校教授であった勢田勝郭氏が自ら多年にわたって入力・蓄積したもので、日本の研究に役立てて欲しいと、日文件に一括寄託されたもの。
『群書類従巻第三百六連歌部四』「若草山」
『続群書類従巻第五百二十一雑部七十六』「あしたの雲」
『続群書類従巻第五百二十四』「白河紀行」　右三書　塙保己一・太田藤四郎編纂　群書類従完成会発行　一九五八年
『連歌師宗祇の実像』　金子金治郎著　角川書店　一九九九年
『那須郡誌』　蓮実長著　小山田書店　一九八八年
「兼載のいろ香」　柏木香久著　一九三四年
「小平潟天満宮」　佐藤愛二著　一九六〇年

『猪苗代町歴史年表』　猪苗代地方史研究会発行　一九九七年
『猪苗代兼載伝』　上野白浜子著　歴史春秋社　二〇〇七年
『白河郷土叢書・下巻』　歴史図書社　一九七六年
『島津忠夫著作集第四巻心敬と宗祇』　和泉書院　二〇〇四年
「富山女子短期大学国文学会・秋桜第六号」　一九八九年
『棚倉町史・第二巻』　棚倉町発行　一九七八年
『白河市史・第五巻・資料編2古代・中世』　福島県白河市発行　一九九一年
『白河市史・第一巻・通史編1原始・古代・中世』　福島県白河市発行　二〇〇四年
『続群書類従巻第五百二十四』「白河紀行」　塙保己一・太田藤四郎編纂　群書類従完成会発行　一九五八年
『カラー版新国語便覧』　改訂十六版　第一学習社　二〇〇〇年
「『広幢集』考　猪苗代家の源流を求めて」　酒井茂幸著　国立歴史民俗博物館研究報告第一三〇集　二〇〇六年三月
『猪苗代家の人々について』　綿抜豊昭著　中央大学大学院論究第十八号文学研究科篇抜刷　一九八六年三月発行
『猪苗代兼説とその周辺』　綿抜豊昭著　中央大学国文第三〇号　昭和六十二年三月発行
『医聖野口英世を育てた人々』　小桧山六郎著　歴史春秋社　二〇〇八年
『鶯宮町史・通史上巻』　鶯宮町　一九八六年
『新撰菟玖波集全釈』　全九巻　奥田勲・岸田依子・廣木一人・宮脇真彦編　三弥井書店　二〇〇九年

『新編国歌大観第八巻私歌集編Ⅳ歌集』　角川書店　平成二年
『新編日本古典文学全集「中世日記紀行集」』　校注・訳　長崎健・外村南都子・岩佐美代子・稲田利德・
伊藤敬　小学館　一九九四年
日本古典文学大系六六『連歌論集俳論集』　木藤才藏・井本農一校注　岩波書店　昭和四十九年
日本古典文学全集『枕草子』　松尾聰・永井和子校注・訳　小学館　昭和五十四年
日本古典文学全集二六『新古今和歌集』　峯村文人校注・訳　小学館　昭和五十五年
ワイド版岩波文庫七九『芭蕉おくのほそ道付曾良旅日記奥細道菅菰抄』　萩原恭男校注　一九九一年
『日本古典文学大辞典』　岩波書店　一九八三年

# 猪苗代兼載の生涯（年譜）

| 年次 | 西暦 | 年齢 | 事蹟 |
|---|---|---|---|
| 享徳　元年 | 一四五二 | | 兼載、小平潟に生まれる。幼名は梅。父は猪苗代式部少輔盛実、母は加和里。 |
| 享徳　三年 | 一四五四 | 三歳 | この頃、季感をわきまえたと言われる。 |
| 長禄　元年 | 一四五七 | 六歳 | 会津黒川の真言宗自在院、仏賢大和尚に引き取られ、剃髪して僧となる。その折、小平潟天神社の神域に松樹を植えて、将来を祈願する。（兼載松） |
| 寛正　四年 | 一四六三 | 十二歳 | 諏方神社の月次連歌会に出座して、頭角をあらわす。 |
| 寛正　五年 | 一四六四 | 十三歳 | 連歌の才能は他を寄せつけず、一句を聞いて百句を案じたと伝えられている。 |
| 文正　元年 | 一四六六 | 十五歳 | この頃、兼載の才能を妬む者が連歌の席に臨むのを拒み、誤って兼載の一指を門扉に挟み折る。（兼載の一指憤）<br>激怒した兼載は大いに発奮して、天下に名を成そうと決心する。 |
| 応仁　二年 | 一四六八 | 十七歳 | この頃、叔父広幢に連れられ、心敬僧都を品川の草庵に訪ねて師事する。宗祇は白河を訪ね『白河紀行』を著す。 |
| 文明　二年 | 一四七〇 | 十九歳 | 正月、太田道真主催の「河越千句」に、心敬とともにその門下として興俊の名で列座し、宗祇にも接する機会を得る。その後、心敬を日光から会津へ案内する。会津で心敬は興俊（兼載）のために『芝草句内岩橋』を与える。<br>八月頃、心敬を白河へ案内する。 |
| 文明　七年 | 一四七五 | 二十四歳 | 三月上京し、宗祇庵での千句連歌で発句を詠む。<br>四月十六日、心敬が相模大山の麓で没す。再び上京。 |

| | | | |
|---|---|---|---|
| | | | 七月、宗祇が興俊（兼載）のために「源氏物語」を講釈する。その後、興俊は宗祇の「宗」を得て、「宗春」と名乗る。<br>十一月、宗春（兼載）は美濃へ下り、「因幡千句」に出座する。 |
| 文明　八年 | 一四七六 | 二十五歳 | 宗春（兼載）は、幕府の権力者畠山政長の北野社千句法楽という晴れの席で発句を詠む。 |
| 文明十四年 | 一四八二 | 三十一歳 | 春、心敬僧都の墓前詠。<br>十月、『難波田千句』独吟。 |
| 文明十八年 | 一四八六 | 三十五歳 | 「宗春」から「兼載」へと改名。 |
| 長享　元年 | 一四八七 | 三十六歳 | 春、心敬の十三回忌百韻。自作の連歌を選んで禁裏（宮中）に「百句連歌」を進献するという栄誉に浴す。小平潟天満宮の神主・神道明は村人とはかり兼載の母加和里の碑を建てる。 |
| 長享　二年 | 一四八八 | 三十七歳 | 『心敬僧都庭訓』を著して、師心敬の学説を忠実に筆録し、追慕する。 |
| 延徳　元年 | 一四八九 | 三十八歳 | 北野連歌会所奉行に任命され、連歌の宗匠となる。 |
| 延徳　二年 | 一四九〇 | 三十九歳 | 正月、北野連歌会所奉行に就任した兼載が、初の会所開きをする。夏に西国山口へ下り、大内政弘を訪ねる。さらに博多をめぐり太宰府天満宮に詣でる。後、山口へ戻り、大内政弘に『連歌延徳抄』を贈る。 |
| 延徳　三年 | 一四九一 | 四十歳 | 正月を山口で迎えた兼載は、四月に『兼載句艸』を慈全に与える。 |
| 明応　元年 | 一四九二 | 四十一歳 | 正月と三月、京都七条道場金光寺に於ける遊行上人他阿主催の連歌会で、宗祇らと同座。<br>八月、阿波へ赴き慈雲院細川成之を訪ね、『薄花桜』を著して成之に贈る。 |

| | | | |
|---|---|---|---|
| | | | 十一月、三城西実隆邸で源氏物語論談。<br>十二月、「連歌本式」制定。 |
| 明応　二年 | 一四九三 | 四十二歳 | 三月、近衛政家邸の月次和漢会に参会。 |
| 明応　三年 | 一四九四 | 四十三歳 | 二月、生涯の代表作となった『聖廟千句』を独吟する。<br>三月には、頓阿の流れをくみ二条派の歌学を伝える堯恵から古今伝授を受ける。 |
| 明応　四年 | 一四九五 | 四十四歳 | 春に阿波へ下り慈雲院細川成之のもとに滞在。<br>五月、『新撰菟玖波集』の編集をめぐって宗祇と対立。三条西実隆の斡旋により事が落ち着く。<br>八月、兼載は山口へ下向し大内政弘の病床を見舞う。<br>九月、『新撰菟玖波集』完成。天皇に奏覧、勅撰に準ぜられる。<br>同月、大内政弘死去。その死を追悼して『あしたの雲』を著す。 |
| 明応　七年 | 一四九八 | 四十七歳 | 三月、歌道の師堯恵から頓阿の『井蛙抄』を贈られる。<br>十月頃から白河に住み、白河の所々で連歌の会席に臨む。 |
| 明応　八年 | 一四九九 | 四十八歳 | 六月、兼載は蘆野大和守資興に招かれ大和守興行の連歌で発句を詠む。 |
| 明応　九年 | 一五〇〇 | 四十九歳 | 二月二十五日、北野連歌会所で発句を詠む。（北野連歌会所奉行として奉仕した最後）<br>七月、京都の大火で草庵を焼失。 |
| 文亀　元年 | 一五〇一 | 五十　歳 | 兼載は我が子を建仁寺の月舟和尚に託して離京。 |
| 文亀　二年 | 一五〇二 | 五十一歳 | 二月、会津に入る。領主葦名盛高に父子の争いを進言するも忠告は聞き入れられず、身の危険を感じて自在院に籠もり俳諧百韻を詠む。 |

| | | | |
|---|---|---|---|
| 文亀　三年 | 一五〇三 | 五十二歳 | その後岩城へ向かい、岩城の平に庵住し、庵の側に兼載天神を祀る。宗祇が箱根で客死したあと、兼載は岩城から宗祇終焉の地を訪れ、追悼の長歌を詠む。 |
| 永正　元年 | 一五〇四 | 五十三歳 | 顕天に『竹林抄』を講義。講義を聴聞した顕天は『竹聞』を著す。三月、五山の詩僧・景徐周麟は兼載に斎号を依頼され『耕閑軒記』を執筆。 |
| 永正　二年 | 一五〇五 | 五十四歳 | 会津で葦名を二分する葦名盛高・盛滋父子の永正の乱が起こり、兼載はその凄惨な戦いを鎮めるため「葦名祈禱百韻」を詠む。その頃、那須郡蘆野に庵を結ぶ。 |
| 永正　四年 | 一五〇七 | 五十六歳 | 四月、心敬の三十三回忌に連歌を奉納。<br>同月、顕天興行の連歌で発句を詠む。<br>冬至の日、藤原定家の『八代集秀逸和歌』を筆者する。 |
| 永正　五年 | 一五〇八 | 五十七歳 | 正月、子日のこころを詠む<br>七月三十日、宗祇の七回忌に追悼の発句を詠む。 |
| 永正　六年 | 一五〇九 | 五十八歳 | 正月、古河公方政氏は兼載を古河へと誘う。関東の名医・江春庵田代三喜は古河公方政氏に招かれて古河に住む。兼載が古河へと移るのは花咲く頃か？　古河公方政氏は兼載を厚遇。中風の兼載は江春庵田代三喜の許で病気の治療を受ける。<br>八月、関東を旅していた宗長は下野佐野にて、古河の兼載から返事を受け取る。 |
| 永正　七年 | 一五一〇 | 五十九歳 | 六月六日、兼載古河にて死去。その後下野国野木村野渡の満福寺に葬られる。 |

# 猪苗代兼載　その連歌と生涯

二〇二一年一月三十日第一刷発行

著　者　戸田純子
発行者　阿部隆一
発行所　歴史春秋出版株式会社
〒965-0842
福島県会津若松市門田町中野大道東八－一
印刷所　北日本印刷株式会社